멸렬

설렘

1판 1쇄 발행 2009년 7월 30일
1판 3쇄 발행 2019년 9월 27일

지은이 김훈, 양귀자, 박범신, 이순원 외

발행인 양원석
본부장 김순미
편집장 김건희
해외저작권 최푸름
제작 문태일, 안성현
영업마케팅 최창규, 김용환, 양정길, 이은혜, 윤우성, 신우섭, 조아라, 유가형, 김유정, 임도진, 정문희, 신예은

펴낸 곳 (주)알에이치코리아
주소 서울시 금천구 가산디지털2로 53, 20층(가산동, 한라시그마밸리)
편집문의 02-6443-8902 구입문의 02-6443-8838
홈페이지 http://rhk.co.kr
등록 2004년 1월 15일 제2-3726호

ISBN 978-89-255-3342-1 (03810)

우리 시대 대표 소설가들의 리얼 러브스토리

한때 당신은 내 생명과도 같은 존재였습니다.

한데 당신에게 나는 어떤 존재였을까요?

생의 굽이굽이에서 예기치 않게 당신을 만났듯

우리가 또 어떻게 어떤 자리에서 어떤 모습으로 마주칠지 모르겠습니다.

김훈 · 양귀자 · 박범신 · 이순원 외 지음

떨림,
그 두 번째
이야기

떨림

RHK
알에이치코리아

떨림,
그 두 번째 이야기

2007년 겨울, 첫사랑의 설렘처럼 다가왔던 『떨림』을 기억하시나요? 김용택, 정호승, 도종환, 안도현 님을 비롯한 우리 시대 대표 시인 스물네 분이 자신의 진짜 사랑 이야기를 들려 주었습니다. 사랑 없이 만나서 언제든 떠날 준비를 하고 사는 마음이 사막 같은 우리들에게, 『떨림』은 다시 사랑할 용기를 불러일으켜 주었더랬죠.

그렇다면 유명 소설가들은 어떤 연애를 했을까? 『설렘』은 이런 호기심에서 출발한 『떨림』의 두 번째 이야기입니다. 멋진 문체와 감성으로 독자들을 설레게 만든 작가들은 자신들의 진짜 연애도 그렇게 아름답게 했을까요? 김훈, 박범신, 양귀자, 이순원 … 이름 석자만 걸고도 사랑 이야기 몇 권쯤은 풀어낼 수 있는 우리시대 대표작가들, 좀처럼 한 지면에서 만나기 어려운 이들이 한 자리에 모였다는 사실도 가슴 뛰지만, 그들이 모여 공개석상에서는 한 번도 드러낸 적 없던 가슴속에 품은 사랑 이야기를 아낌없이 들려준다는 점도 의미 깊습니다. 때로는 가슴이 찡하고, 때로는 가슴이 떨리며, 이따금 너무 솔직해서 가슴을 쓸어내리게 되는 이 시대 소설가들의 진짜 연애담… 그 속에 녹아 있는 청춘과 핏빛 사랑의 흔적을 곳곳에서 발견해보시기 바랍니다. 사랑할 가슴을 잃어버린 이들이 지나간 청춘의 사랑을 아름답게 반추하고, 지금 곁에 있으나 인식하지 못한 소중한 사랑을 발견하고 살뜰히 가꿔나갈 수 있다면, 아울러 미래에 올 사랑을 준비할 수 있다면, 이 책은 그 소임을 다하는 것이겠지요?

차
례

여는 말…4

김규나

양귀자

김선재

한차현

꿈꾸세요!
끝없이, 멈추지 말고!

이 명 랑

당신은 그런 거 안 갖고 있나요? 왜 그런 거 하나씩은 갖고 있잖아요. 어려서부터 품고 있던 환상 같은 거.

저는요, 어려서부터 사랑에 대한 환상을 갖고 있었어요. 그도 그럴 것이 순정만화만 읽었거든요. 당신, 혹시 순정만화가 어떤 종류의 만화인지 모르는 건 아니겠죠? 맞아요, 맞아. 당신이 아는 것처럼 순정만화엔 반드시 남자와 여자가 등장하지요. 그런데 그 남자와 여자가 어디 그냥 남자, 여자인가요?

모두, 어쩜 그렇게 멋진지. 순정만화 속의 남자와 여자, 그들은, 너무, 과하게 멋져서 문제지요. 무슨 문제냐구요? 저한테는 문제가 됐다는 얘기랍니다. 순정만화 속의 주인공들이 너무 멋져서 생긴 문제가 대체 어떤 거냐구요?

제 얘길 한번 들어보세요.

누구도 제게 사랑을 가르쳐주지 않았지요. 사랑이 어떤 건지, 어떻게 사랑에 빠지게 되는지, 이 사람이 나의 운명의 상대인지 어떻게 알 수 있는지, 사랑하는 연인들은 어떤 사랑을 나누게 되는지, 기타 등등, 사랑에 대해서라면, 그 전까지 저는 아는 게 하나도 없었어요. 내게 사랑은 그야말로 개척해야 할 미지의 세계였다고나 할까요?

사랑은… 미스터 블랙이 처음이었어요. 미스터 블랙은 황미나 씨의 순정만화 『안녕, Mr.블랙』의 남자주인공이잖아요. 미스터 블랙은 검은 머리를 길게 늘어뜨리고 나타나요. 손가락으로 한 번 만지기만 해도 전율이 흐를 것 같은 그 검은 머리라니! 검은 머리 길게 늘어뜨린 미스터 블랙은 오스트레일리아의 감옥에 있을 때조차 눈이 부시게 아름답지요. 미스터 블랙이 걸쳐야 했던 찢어진 누더기조차도 그의 아름다움을 손상시킬 순 없었어요. 친구 때문에 누명을 쓰고 억울한 옥살이를 해야 했던 미스터 블랙은 감옥에서 나오게 된답니다. 그런 뒤에는 계속 멋진 옷만 입고 나타났어요. 미스터 블랙의 그 긴 팔다리라니! 저는 까만 쫄바지에 하얀색 블라우스를 입고 빨간 장미꽃 한 송이를 들고 있는 미스터 블랙의 모습을 매일매일 연습장에 옮겨 그렸어요. 처음엔 만화책을 보고 베꼈지만 나중엔 눈을 감고도 미스터 블랙의 모습을 그릴 수 있을 정도였답니다.

그래요, 당신이 눈치 챈 것처럼 그 뒤 미스터 블랙은 저의 이상형이 되었어요. 잠들기 전이면 미스터 블랙의 모습이 그려져 있는 만화책 표지를 들여다보고 쓰다듬고 입 맞추었지요. 잠에서 깨어나면 제일 먼저 머리맡에 올려놓은 미스터 블랙부터 찾았어요.

그러다 세상 밖으로 나오면?

끄악! 머리를 쥐어뜯으며 소리치고 싶었어요.

뭐야? 저 여드름투성이는? 뭐야? 저 기지바지 입은 아저씨는? 뭐야? 저 종아리의 털들은? 뭐야? 길거리에 아무렇게나 침을 뱉다니? 뭐야? 저 두꺼운 입술과 짧은 다리는?

만화책 밖으로 한 걸음만 걸어나오면 곧장 마주치게 되는 현실, 그 현실 속에서 진짜로 살아 움직이는 남자들의 모습이라니! 현실을 장악하고 있는 진짜 남자들은 미스터 블랙과는 상당히, 과하게, 거리가 멀었던 거예요.

절대로! 반드시! 미스터 블랙 같은 남자여야만 해!

저는 두 주먹 불끈 쥐고 하늘을 우러러 맹세했던 겁니다.

그러나 제가 또다시 사랑에 빠진 상대는, 다크였어요. 다크 역시 만화가 신일숙 씨의 순정만화 『사랑의 아테네』의 남자 주인공이었답니다.

오! 나의 다크!

다크는, 무뚝뚝한 남자였지요. 다크 역시 검은 머리에 큰 키의 소유자였고, 명문 귀족의 자제였어요. 다크는 바람둥이에요. 이 여자 저 여자 사이를 나비처럼 날아다니면서 자유로운 삶을 부르짖어요. 여자가 자신을 속박하려고 하면 얼른 달아나버리는 남자였는데, 그런 다크가 왜 그렇게도 좋았을까요? 얼마나 좋아했는지, 밤이면 꿈속에서까지 다크를 만났다니까요.

다크는 결혼은 하되 자신의 자유는 구속하지 않는다는 조건으로 사라와 결혼을 합니다. 결혼 후에도 맘껏 자유를 누리고 싶었던, 그러니까 바람을 피우고 싶었던 거지요.

그러나 다크는 실은 마음이 따뜻한 사람이었어요. 누군가를 진정으로 사랑했다가 혹여 상처받지는 않을까, 두려운 마음에 뜨겁게 사랑 한번 해보지 못하는 바보였던 거예요. 사라에게 처음부터 그런 조건을 내건 것도 혹여 사라가 보상받지 못할 사랑을 하게 되어 자신으로 인해 상처받게 될까, 배려하는 마음에서였답니다.

다크는 사라를 만나 진짜 사랑에 빠져버리고 말아요. 그러나 인

사랑은 이러이러 해야 한다는 믿음이 있었기에

저는 사랑을 하지도 못했고, 사랑을 옆에 두지도 못했지요.

심지어 사랑인 줄 깨닫지도 못했지요.

여기 있는 이 사람이 아니라 저기 있는 그 누군가를 열망했었던 겁니다.

그러나 사랑에는…먹을거리를 챙기고,

야채를 다듬어 냉장고 속을 채워주는,

그런 종류의 사랑도 있다는 사실을 알게 되었죠.

이명랑

정하지 않으려고 몸부림칩니다. 뭐랄까? 다크는, 속마음을 제대로 표현하지 못하는 남자, 아니 어쩌면 속마음을 그대로 표현해서는 안 된다고 교육받은 전형적인 한국 남자 같다고나 할까요?

중학교 3년 내내, 『사랑의 아테네』라는 만화책을 읽고 또 읽으면서 저는 생각했어요. 이런 남자의 마음을 사로잡는 여자가 되고 싶다. 남들에게는 무뚝뚝하고 나한테만 다정한 이런 남자의 유일한 여자가 되고 싶다.

그러니 당연히 시험해볼 수밖에요. 누군가 제게 좋아한다고 말하면, 저는 우선 그 남자가 다크와 같은 남자인지 아닌지, 테스트해야 했어요. 이 남자가 정말 다크처럼 다른 사람들에게는 냉정하고 못됐는데 나한테만 다정한 그런 사람인지 알아야 했답니다. 겉으로는 차가워 보여도 실은 마음이 따뜻한 사람인지도 알아봐야 했지요. 그런데 대부분의 경우, 두세 번만 만나보면 왠지… 더 시험해보고 싶지도 않았답니다.

왜냐구요? 그거야 다크 같은 남자는 없으니까요! 누가 나의 다크처럼 그렇게 다리가 길고, 그렇게 차갑고 그렇게 따뜻하고 그렇게 건방지고 그렇게 다정할 수가 있겠어요?

그리고 마지막으로 전쟁의 신이 나를 덮쳤답니다.

폭풍과도 같았지요. 이 사랑은, 미스터 블랙이나 다크를 향한 사랑과는 전혀 달랐어요. 이 전쟁의 신은 만화가 신일숙 씨의 『아르미안의 네 딸들』에서 튀어나와 열여덟 소녀의 일상을 폐허로 만들었어요. 전쟁의 신, 에일레스에게 반해버린 죄로, 저는 번번이 시험을 망쳐야 했거든요.

이러면 안 돼! 지금은 영어단어를 외워야 할 때라구!

마음속으로 수십, 수백 번 머릿속의 에일레스를 몰아내자고 다짐하지만, 그러나 번번이 저는 만화방으로 달려갔어요. 거기, 두껍게 무장한 채로 세상을 향해 두 눈을 부릅뜨고 있는 나의 전쟁의 신을 만나기 위해.

그 시절 제 마음을 온통 사로잡아 버린 이 전쟁의 신은 고독 속에서 살고 있었어요. 아무도 사랑하지 않지요. 예언의 신이 "인간인 레 샤르휘나가 당신의 운명의 상대"라고 말하자 자신의 운명의 상대를 죽여 버리려고까지 한답니다. 왜냐구요? 저도 처음엔 이해를 못했어요.

진짜 이상한 남자다, 운명의 상대는 딱 한 번밖에 만날 수 없다는데 왜 죽여?

정말이지 에일레스를 이해할 수 없었답니다. 그러나 너무 멋진 거 있죠? 이해할 수 없는 행동을 하거나 말거나 이 전쟁의 신이 제 눈에는 무조건 멋져 보이더라는 겁니다.

전쟁의 신인 에일레스는 결국 운명의 상대인 레 샤르휘나는 죽이지 못합니다. 인간인 그녀와 사랑에 빠지지요. 인간인 레 샤르휘나는 죽습니다. 전쟁의 신인 에일레스는 죽을 수가 없습니다. 신이니까요. 영원히 살아야만 하는 운명이니까요. 그래서 이 전쟁의 신은 사랑에 빠지지 않으려고 했던 겁니다. 유한한 생명을 갖고 태어난 인간과 사랑한 뒤에 감내해야 할 영원한 고독이라니!

어찌됐든 에일레스는 딱 한 번 사랑합니다. 신의 관점에서 보자면, 정말 짧게. 그런 다음에는 딱 한 번 사랑한 죄로 더욱 더 고독하게 혼자 영원한 시간을 살아갑니다.

아, 나의 에일레스!

사랑에 빠지지 않기 위해 온몸을 갑옷으로 휘감고 사는 남자, 그러나 그 누구보다 뜨겁게 사랑할 줄 아는 남자, 한 번 사랑한 뒤에는 다시는 그 어떤 여자도 사랑하지 않는 남자, 종합하여 만화책 속에서 튀어나와 제 심장을 가져가버린 에일레스의 이미지는 그때부터 꽤 오랜 시간 저의 사랑을 좌지우지하게 되었지요.

네, 당신이 생각하신 그대로입니다.

연애가 잘 될 리가 없었어요.

순정만화 속의 남자주인공들에게 넋을 빼앗겨 버렸으니 어떻게 제대로 된 사랑을 할 수 있었겠어요?

현실의 사랑은… 뭐랄까, 그래요, 너무 현실적이었어요. 내 앞에 앉은 상대와 밥을 먹어야 했고, 밥을 먹다보면 그 사람의 밥 씹는 소리가 들려오죠. 어쩌다 그 사람의 이빨에 끼어 있는 고춧가루라도 보게 되는 날엔? 정말이지 최악이었어요. 당장이라도 집으로 달려가 베개 밑에 숨겨둔 나의 애인들을 만나고 싶어졌죠. 미스터 블랙과 다크와 에일레스 말이에요.

게다가 현실에서 부딪치게 되는 남자들은 모두 왜 그렇게 낭만적이지 않은지. 당신이 순정만화를 한 번이라도 읽어보셨다면 제 맘을 이해하실 거라고 믿어요. 순정만화의 스토리는 기본이 낭만이잖아요. 낭만적이지 않으면 그런 만화는 순정만화도 아니에요!

현실의 남자들은 처음 몇 번은 낭만적인 척해요. 이 저녁 당신이 내 곁에 있어서 행복하다는 둥, 당신 눈 속에 내가 있다는 둥, 그런 낭만적인 말들을 내뱉기도 하잖아요. 그러나 그게 어디 그렇게 오래 가나요? 이 여자가 내게 넘어온 것 같다는 생각이 들면 남자들은 곧장 본색을 드러내지요. 겨우 한다는 소리라고는 어제 본 야구 중계방송이나 코가 비뚤어질 정도로 술을 퍼마셨다는 얘기뿐이더군요.

아! 낭만적인 사랑은 영영 찾아오지 않는 걸까?

"그런 건 없어."

"현실에 만족해."

주변 사람들은 스물이 넘어서도 순정만화책 속의 주인공 같은 남자를 원하는 저를 비아냥거렸습니다.

그런가? 내가 원하는 미스터 블랙과 다크와 에일레스를 합쳐놓은 것 같은 남자, 그런 남자는 절대로 만날 수 없다는 것이 바로, 현실이란 말인가?

그리하여 저는 결혼을 했습니다. 현실을 인정한 뒤였지요.

그러나 아무리 현실을 인정한 뒤였다고 해도, 남편은 너무나 현실적이었습니다.

어느 날이었습니다.

저는 그날 관광버스를 타고 시인, 소설가들과 함께 횡성으로 향하고 있었습니다. 그 당시 횡성에 산불이 났는데, 그 횡성행은 산불 현장을 답사하고 자연의 소중함을 깨닫자는 취지였습니다.

관광버스에 앉아 있는 시인, 소설가들 거의 대부분(연로하신 원로 문인들만 빼고)이 어딘가로 문자를 보내더군요. 젊은 작가들은 쉴 새가 없더군요. 문자 메시지 보내고, 문자 메시지 받느라고 말이지요.

아니 이럴 수가? 왜 내 핸드폰만 조용한 거냐? 왜 문자 한 통 오지 않는 거냐?

그래서 저도 문자메시지를 보냈습니다.

여보, 지금은 꼬불꼬불한 산길을 구불구불 올라가고 있어요.

시간이 지나도, 답이 없더군요.
저는 다시 문자메시지를 보냈습니다.

여보, 지금 우리는 산불이 난 현장에 도착했어요.

또 답이 없더군요.
은근히 부아가 났어요. 답이 올 때까지 계속 문자메시지를 보내리라, 마음먹었고, 보냈지요.
거의 두 시간 뒤에 핸드폰이 울리더군요. 문자가 아니라 남편이 직접 전화를 했지요.
"왜 자꾸 이런 걸 보내는 거야?"
한마디하고, 뚝, 전화를 끊어버리더군요.
뭐냐? 나에게 지금 무슨 일이 일어난 거냐?
저는 얼굴이 달아올랐습니다. 그야말로 인두로 지져놓은 듯했지요. 그때, 옆자리에 앉은 동료 소설가의 핸드폰이 또 울리더군

20
열둘

요. 옆에서도 앞에서도 뒤에서도 계속!

　우이씨!

　또 이런 일도 있었답니다.

　신혼 초였고, 저는 그날 시인들과 함께 밤늦도록 와인을 마시다 들어왔습니다. 저는요, 실은 낭만적이고 우아한 걸 엄청나게 좋아하는 여자랍니다. 그런데 사람들은 제 글만 읽고서는 제가 막걸리를 좋아할 거라고 지레짐작하는 거 있지요?

　뭐 어쨌든, 그래서 그날은 기분이 좋았더라는 겁니다.

　어차피 얼마 마시지도 못하고 취하는 술, 몇 잔을 마시더라도 좀 분위기 잡아가며 근사하게 술을 마시고 싶어 하는 저의 작은 바람이 그날만큼은 이루어졌다고 해야 할까요? 흡족한 마음으로 집에 돌아왔지요.

　은근한 기대도 있었습니다. 오늘만큼은 이 기분 그대로 남편과 낭만적인 분위기를 한번 연출해봐야겠다, 뭐 그런 작정도 했었지요. 집으로 돌아가는 버스 안에서 저는 언젠가 선배 언니가 해준 이야기를 떠올리며 비실비실 웃기도 했어요. 그 언니가 그러더군요. 자기는 남편 월급날이면 옷을 홀랑 다 벗고 남편 넥타이만 목에 메고 식탁 앞에 앉아 있는다나요? 그 언니네 집은 문 열면 바로 식탁이 보이거든요.

아, 신혼의 세계란 그런 것이로구나! 우히히, 야하기도 하여라!

그날 버스에서 올려다본 달은 휘영청 밝기도 하더군요.

"자기야, 저 왔어요! 자기야, 저 왔다니깐요!"

저는 잔뜩 애교 섞인 목소리로 자기를 부르짖으며 현관문을 열었습니다.

럴수럴수 이럴 수가?

거실 가득 사과며 귤이며 토마토 등등이 상자째 놓여 있고, 과일 상자들 옆으로는 대파, 쪽파, 양파, 오이 등등, 야채가 수북하게 쌓여 있더군요.

남편은 씽크대 앞에 서서 열심히 뭔가를 하고 있었습니다. 나를 보고는 대뜸 "밥은 먹었느냐"고 묻더군요. 저는 속으로 생각했지요. 밥 먹으러 나간 거였는데 그럼 이 시간까지 밥도 안 먹었겠냐.

거실 가득 쌓여 있는 먹을거리를 보는 순간, 제 안에서 와인잔 깨지는 소리가 들리더군요. 그러나 저는 아직은 포기하지 않았습니다. 곧장 욕실로 들어갔습니다. 오래도록 정성들여 목욕을 했어요. 딸기향 바디샴푸도 사용했지요. 그런 다음에는 침대로 가 기다렸지요. 누구를 기다렸냐구요? 그야 당연히 남편이지요.

일 분, 십 분, 한 시간…

안 오더군요. 고개를 내밀고 내다봤어요. 이 남자 아직까지도

23

씻고 있더군요. 대파, 쪽파, 양파…

우이씨!

저는 곯아떨어져버렸죠, 뭐.

꿈속에서 저는 저의 왕자님들을 만나 번갈아가며 데이트를 했어요. 미스터 블랙과는 그의 그 흰 블라우스에 어울리는 성에서 저녁을 먹었고, 다크와는 요르단의 클럽에서 춤을 추었지요. 마지막엔 에일레스와 함께 그의 검은 표범을 타고 사막을 달려 그의 사원으로 갔어요. 사원 한가운데 제단에 에일레스는 저를 내려놓았지요. 그 순간 저는 저의 신에게 받쳐진 사랑의 제물이었어요. 기꺼이. 저는 제가 사랑하는 저만의 신을 향해 두 팔을 내밀었어요. 그리고 아침이 왔어요.

꿈에서 깨어난 저는 어리둥절했어요.

나의 다크는? 나의 미스터 블랙은? 나의 에일레스는?

끄악! 저는 머리를 감싸 쥐었지요. 간밤, 거실 가득 쌓여 있던 대파며 양파 등등이 떠올라버린 거지요. 거실로 나갔더니… 모든 것이 말끔했어요. 가스레인지 위엔 호박을 그득그득 썰어 넣은 된장찌개가 놓여 있었지요. 간밤, 거실에 쌓여 있던 야채들은 깨끗이 다듬어져 냉장고 속 야채 칸에 들어가 있었어요.

그러니까 그땐 신혼이었던 겁니다. 그래서 알지 못했던 거예요.

사랑에는…먹을거리를 챙기고, 야채를 다듬어 냉장고 속을 채워주는, 그런 종류의 사랑도 있다는 사실을 말이에요.

저는…사랑은 말이죠, 처음부터 끝까지 낭만적이어야 한다고 믿었어요. 등 뒤로 펼쳐진 저녁노을과 두 사람의 머리 위에서 터지는 폭죽들, 감미로운 음악…함께 있고 싶지만 함께 있을 수 없어서 괴로워하는 운명의 시간들…뭐, 그런 것들을 저는 '낭만적'인 거라 생각했었나 봐요.

사랑은 정말 뭘까요?

사랑은 이러이러 해야 한다는 믿음이 있었기에 저는 사랑을 하지도 못했고, 사랑을 옆에 두지도 못했지요. 심지어 사랑인 줄 깨닫지도 못했지요. 여기 있는 이 사람이 아니라 저기 있는 그 누군가를 열망했던 겁니다.

누군가 제게 그런 말을 하더군요. 우리가 누군가를 사랑한다고 말할 수 있을 때는, 아직 그 누군가를 알지 못할 때야, 라고요. 한때는 저도 그 말이 맞는 말이라고 생각했지요. 그러나 지금은 아니에요. 알지 못하는데 어떻게 사랑할 수 있나요? 알지 못하는데 사랑이라고 말하는 건, 그건, 환상에 지나지 않아요.

얼마 전 결혼 11주년이 되었지요. 남편에게 물어봤어요.

"옛날에 언젠가 내가 횡성에 갔을 때, 그때 문자메시지 보냈을

25

때, 왜 그렇게 무뚝뚝하게 전화를 끊어버린 거예요?"

남편은 제 얼굴을 빤히 들여다보더군요.

"당신 정말 내가 왜 그랬는지 몰라?"

저는 남편의 얼굴을 빤히 올려다봤어요. 곧 저는 빙그레 웃고 말았지요. 이제는 알거든요. 그날 남편은 서운했던 거였어요. 주말을 아내와 같이 보내고 싶었는데, 아내는 자기만 놔두고 외출을 한다니까 서운했던 거지요. 그러나 남자가 그런 말을, 그러니까 아내더러 자기 옆에 있어달라는 말을 차마 할 수는 없었던 거였어요.

그 순간, 제 눈에는 글쎄 남편이 나의 다크처럼 보이는 거 있죠?

나의 다크는, 속마음을 제대로 표현하지 못하는 남자, 아니 어쩌면 속마음을 그대로 표현해서는 안 된다고 교육받은 전형적인 한국 남자 같다고 했잖아요? 그러나 다크는 그 무뚝뚝한 겉모습 밑에 아내의 환상까지도 지켜주려는 다정함을 숨기고 있지요. 다크의 아내는 아직 성경험이라곤 없었고, 아이를 낳으려면 양배추를 키워야 요정 할머니가 양배추 속에 아이를 놓고 간다고 믿는 철딱서니예요. 다크는 이 철딱서니 없는 아내를 위해 아내의 양배추에 물을 주는 다정한 남자이지요.

제가 늦게 들어온 밤이면 그저 "밥은 먹었느냐"는 말밖에는 해주지 않는 남편, 그러나 아침이면 가스레인지 위에 자기가 잘 할 줄 아는 유일한 찌개인 된장찌개를 끓여놓고 출근하는 남편에게서 저는 이제야 '나의 다크'를 '나의 에일레스'를 '나의 미스터 블랙'을 보게 되었습니다.

그러니까 저는…환상을 꿈꾸다 현실 속에서 환상과 살을 부비고 살게 된 사람이랄까요?

이제 결혼을 앞둔 당신에게 저는 이 말만은 꼭 해주고 싶어요.

열망하세요!

끝없이, 멈추지 말고, 언제나 당신의 '왕자님'을 꿈꾸세요.

그 환상이 언젠가 당신의 것이 되어 있을 테니까요. 단, 중도에 포기해서는 안 된답니다.

나와
귀뚜라미 씨

김 나 정

저는 열아홉에 귀뚜라미 씨를 만났습니다.

당시 나는 갓 입학한 신입생이었죠. 제 모교는 꽃사슴이 상징물이었던 여자대학이었습니다. 야, 너 스타킹 줄 나갔다. 생리대 있어? 라는 말을 허심탄회하게 주고받았어요. 하이힐에 뒤꿈치가 벗겨지면 서로 밴드를 빌려주기도 했고요. 여탕에 온 듯, 속은 편했어요. 하지만 여자 고등학교를 나와 여자대학에 들어간 저는, 뭔가 아쉬웠지요.

그러던 중 4월에 종로 YMCA에서 독서토론회가 있다는 소문을 들었습니다. 전 문학소녀였던 고등학교 시절을 떠올렸죠. 코를 큼

큼거렸습니다.

'그래, 학교 밖으로 나가 문학을 토론하자.'

명분은 '문학'에 대한 갈증을 푼다는 것. 방점은 '남녀혼성'에 찍혔지요.

모임은 매주 월요일 일곱 시랍니다. 4월 마지막 월요일 수업이 끝나자 저는 화장실로 들어갔어요. 거울 앞에 섰지요. 가방에서 민중국어사전만 한 화장품 봉지를 꺼냈습니다. 눈두덩에 시퍼런 아이섀도를 바르고 눈썹도 곧추세웠죠. 검자주색 립스틱을 바른 입술을 뽁뽁거렸습니다. 엄마 화장대를 뒤집어엎은 초등생 꼴이었죠.

친구의 감상평은 다음과 같았습니다.

"너, 필리핀 국민배우 같다."

머리를 풀어헤치고 질질 끌리는 검은 치마를 걸쳤던 탓일까요. 자신감을 회복하는 데 십여 분이 넘게 걸렸었죠.

시계를 보니 여섯 시가 조금 넘었대요. 학교에서 종로까지 30분 걸렸는데. 미리 가서 기다리면 얕잡아보일 수 있다 계산했죠. 어깨에 든 뽕처럼 마음을 단단히 먹고 하릴없이 교정을 어슬렁대다 일곱 시 정각에 버스에 올라탔어요.

YMCA 건물 일층에 서클 시간표가 붙어 있었죠. 두리번거리자

경비아저씨는 저에게 비상문으로 가라고 일러주었습니다. 치마를 질질 끌며 오층까지 걸어 올라갔어요. 뒤꿈치에 붙인 밴드가 걸음을 옮길 때마다 꿈틀거렸죠. 계단은 낡았고 손잡이는 페인트가 벗겨졌습니다. 과연 유서 깊은 건물이더군요.

5층 문 앞에 서서 저는 숨을 골랐습니다. 발뒤꿈치도 아프고 밴드를 빌릴 데도 없습니다. 토론 내내 꿔다놓은 보릿자루처럼 끙끙댈 게 뻔합니다.

'돌아갈까?'

문 앞에서 서성거렸죠. 허나 궁극의 목적을 떠올렸습니다. 짝짓기의 열망이 저를 부추겼습니다. 단호히 손잡이를 당겼습니다.

아무도 없대요. 형광등이 불을 밝힌 덩그런 방 한쪽 벽에 의자만 첩첩 쌓였습니다. 저는 문짝에 붙은 호수를 확인했습니다. 501호.

저는 503호 문을 열었습니다. 둥글게 둘러앉아 책을 보던 사람들이 고개를 쳐들었습니다. 남자는 달랑 한 명뿐이었습니다. 그로부터 3년간 저는 남녀혼성 문학모임에 참여했습니다.

'문학소녀'라는 단어는 있어도 '문학 소년'이라는 단어는 없지요. 독서토론회에는 압도적으로 여학생이 많았어요. 남학생들 다수는 정모엔 안 나왔죠. 그들을 보려면 토요일 뒤풀이에 가야 했죠. 책읽기의 괴로움을 술로 풀자는 뒤풀이였습니다만, 저는 월요일은 문학에, 토요일은 사교에 힘썼죠.

"귀뚜라미 왔네. 지리산은 어땠어?"

어느 토요일 저녁 저는 귀뚜라미 씨와 만났습니다. 볕에 그을린 낯선 얼굴이었습니다. 지리산에 다녀오느라고 모임에 나오지 못했다고 합니다. 한 학번 위인 선배였어요. 별로 인상적인 인물이 아니었습니다. 저는 그때 어떤 괴팍한 선배에게 반했던 참이었습니다. 고스톱에 재미 붙이자, 2주 동안 두문불출 패를 잡았던 저였습니다. 뭐에 열중하면 다른 것들은 다 배경으로 물리쳤죠.

다들 그를 귀뚜라미라고 불렀어요. 메뚜기나 방아깨비가 아니라, 귀뚜라미라 부르는 데는 까닭이 있겠죠. 저는 옆자리 선배에게 슬며시 물었습니다.

"왜 저 선배가 귀뚜라미예요?"

"얼굴을 봐."

봤죠.

"그런데요?"

"떠오르는 거 없어?"

조목조목 뜯어봤죠.

"피노키오 몰라? 디즈니 만화, 거기 나오잖아."

다시 보니 과연 그렇군요. 저도 어렸을 때 피노키오를 봤어요. 거기 나오는 귀뚜라미는 잔소리꾼이었죠.

"난 한없이 먹고 마시며 친구들과 어울려 놀고 춤추고, 노래하고 싶어, 어때?"

귀뚜라미는 찬물을 뿌립니다.

"허허, 그런 식으로 사는 사람은 이렇게 된다지요. 정신병원에 가거나, 교도소에 갇히거나, 거지 떠돌이가 될 겁니다. 셋 중 하난 맡아놨죠. 끌끌, 불쌍한 나무 도련님."

피노키오는 버럭 소리를 질렀습니다.

"귀뚜라미 주제에!"

저도 귀뚜라미가 눈꼴셨죠.

"피노키오, 사람이 돼야지. 그럼 사람 못 돼."

어린 저는 궁금했어요.

'왜 피노키오가 꼭 사람이 되어야 할까.'

나무인형인 편이 더 멋진데. 거짓말을 하면 코가 길어지는 피노키오는 솔직담백하지. 인간이 되면 멀쩡한 낯빛으로 거짓말을 할 거 아니야. 인간 피노키오는 수상쩍어.

귀뚜라미인 선배에 대해서는 모임 초기엔 관심 없었어요. 별명

아들은 알아버렸습니다.

제 엄마 아빠의 만남이 신화적이지 않다는 걸요.

'운명적인 사랑'과는 무관합니다.

허나 어쩌란 말입니까.

운명이 아니라 우연으로 우리는 여기까지 왔고,

너도 어쩌다 태어났단다.

운명적인 사랑이란 소설 속에서나 나온단다.

이 귀뚜라미라는 것밖에. 하지만 그 편이 나을지도 몰라요. 그는 훗날 내 첫인상에 대해 이렇게 말했죠.

"난 웬 쥐 잡아먹은 귀신이 앉아 있나 했었다."

울분을 삭히며 전 그 표현의 진부함을 꼬투리 잡았죠.

월요일마다 귀뚜라미 선배를 보게 되었죠. 저는 그가 신경에 거슬렸어요.

껌 때문이었죠.

딱딱 소리가 나면 그가 온 걸 알았죠. 그는 사시사철 껌을 씹었어요. 전 껌 씹는 소리라면 질겁합니다. 이어폰으로 귀를 틀어막고 다녔지요. 술자리에서도 그와 가장 멀리 떨어진 데 앉았어요. 소심했던 저는 감히 "야, 귀뚜라미 당장 껌 못 뱉어!"라고 말하지 못했죠. 뱁새눈만 떴어요. 그저, 껌과 귀뚜라미 선배가 동시에 지구에서 사라져주길 바랐어요.

게다가 귀뚜라미 씨는 독서토론 때 생뚱맞은 얘길 했죠. 뤽 베송의 〈그랑블루〉를 보고 모인 자리에서요. 저야 혼자 대한극장 맨 앞자리에서 그 영화를 봤죠. 객석까지 넘쳐올 듯한 푸르름에 압도당했습니다. 저는 제가 받은 감동에 대해 두서없이 떠들어댔죠. 그때 귀뚜라미 씨가 종이를 꺼내 껌을 뱉대요. 그리고 한다는 말이,

"자크(주인공)는 돌고래야."

였습니다. 농담을 하는 줄 알았어요. 하지만 그는 진지했습니다. 자크가 인어공주처럼 반인반어라는 겁니다. 자크는 사이코라고 하고 엔조를 편애했어요. 영화 속에서도 고독과 몰이해에 떨며 비참해했던, (그래서 생선에게 위안을 찾던) 자크가 영화 밖에서도 매도당하다니. 저는 분개했죠.

"말도 안 돼!"

"돌고래가 아니라면 어떻게 물에서 그렇게 오래 숨을 참아."

그는 팔짱을 끼고 깐죽거렸지요. 다른 분들은 깔깔댔지만 저는 심각해졌습니다. 나름 진지한 아이였거든요. 제가 좋아하는 주인공을 폄하하는 건 저를 모욕하는 것 같았어요. 모임이 끝나고 지하철을 탔어요.

"그 오빠는 정말 밥맛이에요."

저는 투덜거렸죠. 얼굴이 사슴 같고, 말투는 염소 같던 그 언니는,

"네가 사람 볼 줄 몰라서 그래."

라고 했지요. 귀뚜라미 씨와 그 언니는 같은 학번 동기였습니다. 내심, 자기들끼리 편들어 주는 거 아냐? 생각했죠. 하지만 더 오래 두고 봤으니 더 잘 알겠지, 라고 고쳐 생각했죠. 제가 좋아하던 언니였거든요. 그래도 저는 지하철 손잡이에 매달려 샐쭉거렸습니

다. 저와 귀뚜라미 씨는 데면데면하게 지냈습니다.

겨울이 오고 문학서클 10주년 기념으로 연극을 올리기로 했어요. 제가 맡은 배역은 최악이었죠. 「풍금이 있던 자리」의 줄넘기하는 여자, 「칼날과 사랑」에서 남편에게 죽도록 맞고 집문서 뺏기는 이모, 「무소의 뿔처럼 혼자서 가라」에서 자살하는 영선, 1인 3역이었습니다. 연습 때마다 줄을 넘고 발길질 시늉에 넘어지고 꺼이꺼이 울다 목숨을 끊었죠. 곤혹스러웠어요. 성격도 역할만큼 침울해졌죠.

선배들은 왜 제게 그딴 역할만 맡겼을까요? 저는 음모론으로 그 문제를 해결하고자 했습니다. '자기들은 좋은 역을 맡고 나한텐 이런 기구한 여자들 역할만 맡긴 거야.'라고 생각했으니 연습이 달가울 리 없었어요. 연출은 귀뚜라미 씨였습니다. 연출이 하는 일은 모임 날짜를 정하고, 빠진 사람이 있으면 대역하고, 책상을 두드리며 효과음을 내는 게 고작이었죠. 연출은 무용지물이었습니다. 그냥 구색 맞추기 위해 만든 자리였죠.

공연 일주일을 앞두고 소품은 각자의 집에서 조달하기로 결정봤고, 의상과 분장 얘기를 나눴죠. 후딱 끝내고 밥 먹자. 부대찌개가 보글보글 끓어 넘쳤거든요. 귀뚜라미 씨는 다리를 꼬고 앉아 대본을 훌쩍훌쩍 넘겼어요. 한 명씩 의상을 지정해주었죠.

제 차례입니다.

귀뚜라미 씨가 절 슬쩍 보대요. 전 국자로 부대찌개를 휘젓고 있고요.

"어디 보자. 산발한 머리, 미친년? 좋아. 지금 그 머리 오케이."

"예?"

귀뚜라미 씨는 애쓸 거 없으니 좋지? 하며 싱글거렸어요.

저는 씩씩거리며 부대찌개를 한 접시씩 펐습니다. 귀뚜라미 씨 그릇에는 쑥갓만 대충 얹어놓았어요. 국자를 내려놓고 머리를 가다듬었습니다. 자꾸 그 말을 곱씹었어요.

내가 맡은 역은 미친 여자, 이 머리 그대로가 좋다면 내 머리는 미친 여자 머리, 고로 나는 미친 여자. 피해의식에 시달리던 저는 그런 결론에 도달했죠.

모임이 파하자 후다닥 지하철역으로 갔어요. 대형 거울 앞에 섰습니다. 귀뚜라미 씨가 바로 보았습니다. 들판에서 번개 맞는 머리더군요. 다음날 미용실에 갔지요. 이전까지 저는 생머리를 손대지 않는 머리라고 생각했어요. 파마 안 한 머리=생머리. 알고 보니 제 머린 생머리가 아니라, 날머리였네요. '생머리'를 유지하려면 얼마나 많은 인공적인 노력을 기울여야 하는지 몰랐던 거죠. 다행히 귀뚜라미 씨는 바뀐 머리에 대해 가타부타 말이 없었습니다. 어쩜, 눈치 못 챘을 수도 있고요.

막이 올랐습니다. 지문에서 '술을 마시며'라면 소주병으로 나발을 불었습니다. 1회 공연이니 상관없었죠. 연극은 끝났으나, 저는 귀뚜라미 씨에게 앙심을 품게 되었죠. 남의 말에 관심이 없는 척했으나, 실은 전전긍긍했던 저였죠. 픽픽거리고 트집을 잡았지만 선배는 웃고 넘어갔습니다. 복수하려 해도 상대가 대적을 안 해줍니다. 허망했습니다.

게다가 그는 마담뚜 노릇을 하겠다며 팔 걷고 나서기까지 했지요.

"저 선배 어때?"

귀뚜라미 선배는 비버처럼 생긴 90학번 선배를 가리켰어요.

"왜요? 저는 비버 선밸 잘 모르는데요."

"사람 좋아. 어때? 다릴 놔줄까?"

그는 불판 위에 고기를 뒤집으며 연신 권했어요.

뭐야!

그때 전 10살 많은 선배를 좋아하며 가슴앓이를 했었죠. 다른 사람은 안중에 없었습니다. 나중에 알고 보니 비버 선배도 저게 밤톨만 한 관심도 없었답니다. 그런데 귀뚜라미 씨가 왜 오작교 노롯을 자처했는지 모를 일이었죠.

당시 저는 짝사랑의 환상에서 허우적거렸어요. 그런데 그마저도 파탄이 났죠. 그 선배가 유학을 간 겁니다. 저는 비극적인 결말마저 즐겼어요. 잔뜩 과장된 포즈로 술도 마시고, 양파를 벗기며 눈물도 펑펑 쏟았죠. 비운의 주인공인 자신이 맘에 들었습니다. 나름대로 끙끙 앓기도 했어요. 볼이 수저로 파낸 것처럼 옴폭 들어갔죠. 모임 사람들은 유학 간 선배에 대한 제 불나방 같은 연정을 알고 있었죠. 다들 쯧쯧, 거렸습니다.

"야, 이거 먹어."

귀뚜라미 씨는 제게 껌을 건네주었습니다. 저는 그를 흘겨보았습니다. 한 달쯤 지나자 저는 멀쩡하게 돌아다녔습니다.

새 학기가 되었습니다. 학교 편지함에 봉투가 꽂혀 있대요. 보내는 사람은 귀뚜라미 선배였습니다. 위문편지였습니다. 그도 군대에 갔거든요. 갸웃거리며 저는 봉투를 뜯었죠. 편지지 하단의 튤립부터 눈에 들어왔습니다. 초등학교 앞 문방구에나 팔 만한 편지지였죠. 골자는 '친하게 지내자.'

황당하며 당혹스러웠죠.

'설마 이 선배가 날 좋아하는 건가?'

큰일이다. 어쩌지.

귀뚜라미 씨와 나? 도무지 그림이 안 그려졌습니다.

고민 끝에 저는 날씨 얘기만 늘어놓은 답장을 보냈죠. 알고 보니 모두에게 그런 류의 편지를 보냈던 거예요. 괜한 고민이었죠.

귀뚜라미 씨가 군대에 가니 좀 심심했어요. 섭섭하고. 하지만 껌 씹는 소리를 안 듣게 된 건 좋았죠.

딱딱, 껌 씹는 소리가 들렸습니다.

한 달 뒤 방위병 귀뚜라미 씨는 모임에 복귀했습니다. 빡빡 깎은 머리로 겨드랑이에 책을 끼고서요. 퇴근하고 왔다고 했습니다. 반가웠습니다.

"야, 공짜표 있다. 영화 보러 갈래?"

나와 귀뚜라미 씨, 그의 후배 세 명이 〈너에게 나를 보낸다〉를 보려고 신촌에서 만났죠.

"야한 영화를 보면 숨소리가 거칠어져요. 딴 데 가서 앉을게요."

저는 혼자 후다닥 앞자리로 갔어요. 전 늘 영화를 혼자 봤으니 나란히 앉기 싫었던 겁니다. 관람 후에 꼬치구이집에 갔죠. 동행했던 후배는 귀뚜라미 형님의 자상함과 성실함에 대해 강변했습니다. 허나 소주 몇 잔을 비우니 딴 얘기를 꺼내더군요. 라면을 끓여 먹다 동아리실에 불을 냈다는 거예요. 흥미진진했습니다. 그 애는 계속 자기 이야기를 늘어놓았습니다. 귀뚜라미 씨는 묵묵히 닭똥 집과 은행만 먹고요. 술도 홀짝거렸죠. 두 잔 마시니 그의 얼굴은 만산홍엽, 붉어졌습니다. 저는 그날 귀뚜라미 선배에게 그간 맺혔던 것들을 풀어놓았어요. 막판에는 미친 오리처럼 꽥꽥거렸지요. 그는 허허, 웃기만 했고요. 무안했습니다. 그 뒤로 저는 귀뚜라미 선배와 편하게 지냈지요.

독서토론 모임에 오는 사람은 점점 줄었어요. 남자 선배들은 군대에 갔고, 여자 선배들은 취업 준비를 했습니다. 다섯 명 정도가 오갔습니다. 귀뚜라미 씨와 저도 남았죠. 그러다 니코스 카잔차키스의 『그리스인 조르바』를 함께 읽었어요.

"타락해 있었다. 여자와의 사랑과 책에 대한 사랑을 선택하라면 책을 선택할 정도로 타락해 있었다." 저는 주인공의 말에 동감했어요. 당시에 저는 책벌레였습니다. '벌레'같이 살고 있었죠. 그러니 조르바의 "브라보, 젊은이! 종이와 잉크는 지옥으로나 보내버려! 상품, 이익 좋아하시네. 광산, 인부, 수도원 좋아하시네. 이것 봐요, 당신이 춤을 배우고 내 말을 배우면, 서로 나누지 못할 이야기가 어디 있소!"라는 말에 감동할 밖에요. 그때 제 눈엔 귀뚜라미 씨가 조르바 같았어요. 뭐가 씌웠나 봐요. 그 월요일 저녁부터 연애가 시작되었죠. 한 권의 책이 제 운명을 바꿔 놓았다, 고 말하고 싶지 않습니다. 책은 단지 구실이었습니다.

"이게 다야?"

아들은 알아버렸습니다. 제 엄마 아빠의 만남이 신화적이지 않다는 걸요. '운명적인 사랑'과는 무관합니다. 허나 어쩌란 말입니까. 운명이 아니라 우연으로 우리는 여기까지 왔고, 너도 어쩌다 태어났단다. 운명적인 사랑이란 소설 속에서나 나온단다.

귀뚜라미 씨는 그 시절에 대해 이렇게 말합니다.

"그땐 내가 미쳤지."

"뭐시라!"

귀뚜라미 씨는 리모컨을 눌러 화닥화닥 채널을 바꿉니다. 거짓말쟁이 피노키오에게는 벗이 있었습니다. 더듬이를 집어 패대기치고 싶기도 했겠죠. 귀뚜라미라고 거짓말쟁이 나무 인형이 마냥 좋았을까요. 어쨌든 둘은 함께 다녔습니다. 다정한 친구 사이였죠. 거짓부렁 아닙니다. 뚜, 뚜, 뚜.

이런 사랑,
이런 길

고 은 주

나를 엄마라고 부르는, 그러나 내가 낳지 않은 두 아이가 있다. 아침마다 이불 속으로 파고들어와 따뜻하고 말랑한 뺨을 부벼대는 아이들…. 내가 짧은 여행이라도 떠나면 수시로 전화를 걸어오는 큰아이, 그 옆에서 급기야 울음을 터뜨리는 작은아이.

그리고 그 아이들의 아빠가 있다. 아이들을 꼭 닮은, 아니, 아이들이 꼭 닮은 아빠.

그렇게 우리는 가족이다. 비록, 나의 가족관계 증명서에는 아이들의 이름이 적혀 있지 않지만. 아이들의 가족관계 증명서에는 그들의 생모 이름이 적혀 있을 테지만.

호적을 대체하게 된 서류에 왜 하필 가족관계 증명서라는 이름이 붙었을까? '가족'이란 과연 무엇일까? 기저귀 차던 작은아이가 초등학생이 되고 1학년이었던 큰아이가 6학년이 될 때까지 나는 이 아이들에게 무엇이었을까? 보모? 위탁모?

　가족관계 증명서라는 이름의 유전자 증명서 앞에서 나는 어지러운 질문들 속으로 빠져들곤 한다. 답은 쉽사리 얻어지지 않는다. 서류 따위는 아무것도 아니라는 자기 위로만이 그 질문들로부터 벗어날 수 있는 유일한 방법일 따름이다.

　어쨌거나, 나를 엄마라고 부르는 두 아이가 있다. 내가 낳지 않았지만, 그래서 가족관계 증명서에도 이름을 함께 올리지 못하지만, 나의 가족이 분명한 아이들. 비록 외모는 닮지 않았지만 습관과 취향은 점점 더 나를 닮아가고 있는 아이들.

　그는 나를 닮은 인간형이었다. 그래서 나는 그를 좋아할 수 없었다. 그도 마찬가지였을 것이다. 그러나 이제 우리는 서로의 닮은 점 때문에 서로를 떠날 수 없음을 안다. 이렇게 닮은 사람을 다시 만나기 힘들 것이라는 사실도 안다.

　그러한 깨달음에 이르기까지 참으로 많은 일들이 있었다. 우리는 의아해하면서 서로에게 이끌렸고 불에 덴 듯 서로를 밀어냈다.

세차게 서로를 사랑했고 사납게 서로를 증오했다. 격렬한 모든 것은 우리들의 마음속에 있었다. 또한 혼돈이었다. 격렬한 흔들림 속의 격렬한 혼돈.

아이들은 그 혼돈 속에서 왔다. 아이들의 할머니가 더 이상 육아를 감당하지 못할 형편이 되자 그는 무척이나 당황한 모습을 보였다. 평소 한 치의 흐트러짐도 보이지 않았던 그로서는 의외의 모습이었다.

"일단 여기로 데려와. 어떻게든 되겠지."

한숨을 토하듯 나는 그에게 말해버리고 말았다. 왜 그랬을까? 사랑 속의 연민? 증오 속의 우정?

주말이면 아이들과 시간을 보내야 하는 그를 위해 어린이대공원에 함께 갔던 적이 있었다. 공원은 의외로 한적했고 나무는 울창했다. 아이들은 어여쁘고 꽃처럼 환했다. 그때 나는 평화롭고 행복한 기분이었다. 아이들을 데려온다는 건, 그 평화와 행복을 내 앞에 데려다 놓는 일이라고 생각했는지도 모르겠다.

뜻밖에도 그는 나의 제안을 거절하지 않았다. 그의 자존심을 알기에 나는 그가 더욱 안쓰러웠다. 자식에 대한 애정과 의무가 고스란히 느껴져서 경이롭기도 했다. 아이들의 생모는 이혼소송이 시작되자 양육권부터 포기했다던데….

아이를 낳아 길러본 적이 없는 나로서는 짐작할 수 없는 일들이 너무 많았다. 그것 또한 혼돈이었다. 양육자가 다시 바뀌는 상황에 처한 아이들 역시 혼돈에 빠진 듯 보였다. 그가 내 앞에 아이들을 데려온 날 밤, 공원의 평화와 행복은 꿈처럼 여겨졌다. 아주 오래전에 꾸었던 꿈처럼.

그와 나는 결혼이라는 제도에 맞지 않는 인간형이었다. 그런데도 우리는 각자 일찌감치 결혼을 했고 각자 기어이 결혼생활을 끝내고 말았다. 그런 것조차도 우리는 서로 닮아 있었다.

그와 나는 아이를 낳아 기르는 것을 싫어하는 인간형이었다. 다행히도 나는 그것을 피해갈 수 있었지만 그는 자식을 둘이나 얻어야 했다. 그러한 경험의 차이조차 메우려는 듯 그는 내게 자식들을 데려다 놓았다. 네 살, 그리고 여덟 살의 두 딸이었다.

자식을 키우는 것은 뜻밖에도 의미 있는 일로 다가오더라고 그는 늘 말했다. 과연 그럴까? 그의 아이들과 함께 생활을 시작하면서 나는 그가 말한 '의미'를 엿보려고 노력했다. 하지만 막상 맞닥뜨린 육아는 현실이었다.

작은아이는 아직도 기저귀와 우유병을 떼지 못하고 있었고 큰아이는 벌써부터 어른에게 반항하는 것을 즐기고 있었다. 어린이

집과 학원에 최대한 의존해보았지만 그래도 아이들은 집에 있는 시간이 훨씬 많았다. 육아는 관념이 아니라 현실이었다. 무한한 시간과 노력을 필요로 하는 현실.

그럼에도 불구하고, 나는 행복했다. 몸은 피곤했지만 마음은 평안했다. 큰아이의 엉뚱한 행동과 작은아이의 투명한 웃음소리는 수시로 내 얼굴에 미소를 불러왔다. 아이들과 친밀감이 쌓여갈수록 예상 외의 행복도 켜켜이 쌓여갔다.

그가 말한 '의미'는 여전히 알 수 없었다. 다만, 자식을 키우는 재미가 어떤 것인지는 알 것 같았다. 그러면서 동시에 궁금했다. 나는 정말 아이를 낳아 기르는 것을 싫어하는 인간형일까? 결혼이라는 제도에 맞지 않는 인간형일까?

피로와 행복이 뒤섞인 현실에서 잠시 숨을 돌리며 그러한 의문에 새삼 빠져들었을 때, 그는 오래전부터 그랬던 것처럼 나의 아주 가까운 곳에 존재하고 있었다.

"남편을 정말 사랑하시나봐요."

전처소생의 아이들을 키우고 있다고 고백하면, 그나마 가장 솔직하고 완곡한 반응은 이 정도로 다가온다. 대부분은 우선 당황하고, 거의 얼버무리며, 간혹 침묵한다. 그때마다 나는 통념이라는 것이 얼마나 단단하고 광범위한지 절감한다.

　상대를 정말 사랑하거나, 혹은 상대가 세속적으로 좋은 조건을 갖추었을 때에만 그나마 납득할 수 있는 상황. 내가 그토록 힘들고 고약한 상황에 처해 있는 것일까?

　"전혀 모르는 아이를 입양하는 사람도 있는데요, 뭘."

　나의 대답에 그들은 한결같이 고개를 젓는다. 그것과 이것은 다르다는 얘기다. 과연 그럴까? 아무리 생각해도 나는 그 차이를 알 수 없다. 친부모의 보살핌을 받을 수 없는 안타까운 아이들을 키워주면서 서로 정이 드는 것은 마찬가지가 아닐까?

　다만 이 아이들에게는 친아빠가 있고 그가 다름 아닌 내 애증의 대상이라는 사실이 입양의 경우와 다를 뿐이다. 세상 사람들은 바로 그 사실을 우려하는 것이겠지만 나로서는 그것이 오히려 동력이 되어주었음을 부인할 수 없다. 그를 닮은 그의 아이들이 아니었다면 나는 입양이라는 단어조차도 떠올리지 않으며 살았을 테니까.

　그러므로 그들의 말대로, 나는 정말 그를 사랑하고 있는지도 모르겠다. 그가 세속적으로 좋은 조건을 갖춘 사람은 아니니 아마도 더욱 그럴 것이다. 내가 박애주의자가 아닌 것 또한 분명하므로 더더욱 그럴 것이다.

고은주

우리는 의아해하면서 서로에게 이끌렸고
불에 덴 듯 서로를 밀어냈다.
세차게 서로를 사랑했고 사납게 서로를 증오했다.
격렬한 모든 것은 우리들의 마음속에 있었다.
또한 혼돈이었다.
격렬한 흔들림 속의 격렬한 혼돈.

앞일을 두려워하지 않는 성격이지만 무모한 편은 아니므로 내가 대책 없이 아이들을 맡았을 리는 없다. 육아의 현실적인 어려움을 미처 몰랐던 것은 사실이지만 일반적인 고충은 간접적으로 충분히 경험한 터였다. 그런데도 내가 아이들을 맡았던 것은… 역시 사랑 때문이었을까?

알 수 없는 일이다. 돌아보면 그 이유조차도 혼돈이다. 혼돈 속에 시작된 관계, 혼돈 속에 시작된 생활, 그 모든 것의 이유조차도….

돌아보면, 나는 그저, 계속해서 그와의 인연이 이어지기를 바랐던 것 같다. 사랑이든 증오든 상관없이 그와 함께 격렬한 감정들을 나누며 살아가고 싶었던 것 같다. 아이들의 사랑스러움이 나를 이끈 것은 사실이지만, 그의 모습을 아이들의 모습 속에서 발견할 수 없었다면 나는 과연 여기까지 올 수 있었을지….

이 아이는 그를 얼마나 닮았을까?

초음파 검진을 받으면서 나는 참을 수 없는 궁금증에 빠져든다. 의사는 흑백 모니터의 한 부분을 가리키며 심장이라고 말해준다. 작디작은 무언가가 화면 속에서 깜빡이고 있다. 너무도 작아서 그것은 깜빡임이 아니라 떨림에 가까워 보인다. 세상에 없던 존재가 조심스레 생겨나고 있다.

"나도 이렇게 엄마 힘들게 했어?"

입덧 때문에 힘들어하는 내게 작은 아이가 묻는다. 우리들의 생물학적 관계를 사실대로 알지 못하는 아이에게 나는 대답을 얼버무린다.

"나는 어땠어요? 우리 둘 다 예정일에 태어났나요?"

생모에 대한 기억을 간직하고 있는 큰아이는 스스로 알아서 아빠에게 질문을 던진다. 그가 이런 저런 대답들을 아이들에게 해주는 동안 나는 기억력 나쁜 엄마가 되는 수밖에 없다.

큰아이의 생후 7년, 그리고 작은아이의 생후 3년을 나는 알지 못한다. 아이들의 태아 시절 또한 당연히 알지 못한다. 어쩌면 나는 그러한 콤플렉스를 극복하기 위해 더더욱 아이들에게 정성을 다했는지도 모를 일이다.

"동생이 태어나면 너한테 예전처럼 신경을 써주지 못할 거야. 엄마는 작고 연약한 동생을 먼저 돌보아야 하거든. 그래도 여전히 널 사랑하는 거, 알지?"

내 말에 작은아이는 의젓하게 고개를 끄덕인다. 임신을 확인한 순간부터 계속 강조해온 말이기에 의연하게 받아들이고 있지만 실제로 동생을 보면 어떨지 알 수 없는 일이다. 요즘 들어 부쩍 더 나에게 달라붙으며 어리광을 부리고 있으니….

"이렇게 열심히 공부하니 엄마보다 아기를 더 잘 키우겠네?"

내 말에 큰 아이가 쑥스러운 듯 웃으며 책을 덮는다. 내가 읽고 있는 임신·육아 관련서를 큰아이도 요즘 틈날 때마다 들여다보고 있는 중이다. 이제 막 생리를 시작한 사춘기 소녀답게 임신과 육아에 대한 호기심을 억누르기가 힘든 모양이다.

아직도 내게 아기로만 여겨지는 작은 아이, 어느새 훌쩍 자라 친구처럼 여겨지는 큰아이…. 나날이 불러오는 엄마의 배를 바라보면서 자신이 어떻게 생겨나 어떻게 자랐는지 새삼 궁금해하는 아이들…. 뱃속의 아이는 이 아이들을 얼마나 닮았을까?

사랑이란 이런 것, 이라고 감히 생각해본다. 자신의 감정을 솔직하게 인정하는 것. 그리고 그 감정을 숨기지 않는 것.

그런 점에서, 아이들을 데려오기 전까지는 그를 사랑했다 말할 수 없다. 나는 그저 혼돈 속에 한 발 한 발 나아갔을 따름이었다. 가족이든 친구든 그 누구도 찬성하지 않았던 길. 나 자신조차도 확신할 수 없었던 길을 따라서.

그 길 위에서 나는 나의 감정을 솔직하게 인정하게 되었다. 숨길 수도 없는 감정이었다. 늘 분석하고 이해하려 애썼지만 좀처럼 납

득할 수 없었던 감정이 그냥 그대로 고스란히 받아들여졌다. 그러자 그가 어떤 사람인지도 단숨에 알 것 같았다. 또한 그를 사랑하는 내가 어떤 사람인지도.

나를 사랑하듯 그를 사랑했고, 그를 사랑하듯 그의 아이들을 사랑했다. 지난 5년 동안, 나는 그렇게 나의 젊음을 갈무리했다. 그렇게 나는, 그리고 우리는, 비로소 서로를 이해하며 함께 어른이 되었다. 우리에게는 아이들이라는 놀라운 매개체가 있었다.

그리고 이제 우리 앞에는 또 다른 아이가 기다리고 있다. 이 아이를 매개로 우리가 얻게 될 또 다른 시간은 과연 어떻게 펼쳐질지….

태어날 아이의 성별을 나는 아직 모른다. 궁금하지 않기에 묻지도 않았다. 나는 다만 이 아이의 기질이 궁금할 따름이다.

아이의 모습은, 재능은, 취향은, 누구를 더 많이 닮았을까? 출산 예정일이 가까이 다가올수록 궁금증은 흥분과 떨림을 동반한다. 이 아이는 어떤 얼굴과 목소리로 우리를 찾아오게 될까?

아이를 갖기로 마음먹은 마흔 살 여름부터 1년 6개월. 한 달, 두 달 기다려도 소식이 없던 그 기간 동안 내가 발견한 것은 아이에 대한 집착이었다. 그의 두 아이들이 더욱 더 예뻐 보일수록 이런

아이를 내 속으로 낳아보고 싶다는 욕망은 점점 더 커져갔다.

내가 아무리 건강하다고 해도 그건 나이에 비해서일 뿐, 절대적인 내 나이는 이미 40대. 어쨌거나 나는 나이가 들었고 이 나이에는 불가능한 일들이 많음을 받아들여야 하는가 싶어서 한동안 우울하기도 했다. 아무리 노력해도 이룰 수 없는 꿈 앞에서 좌절하는 사람들을 이해한다고 하면서도 나는 사실 그동안 그런 사람들을 제대로 이해하지 못했음을 인정하며 고개 숙이기도 했다.

그래서 마침내 임신에 성공했을 때, 기쁨보다 더 크게 다가온 것은 조심스러움이었다. 남들에게 요란스레 알리지도 못하고 그저 병원에 갈 때마다 임신이 잘 유지되고 있음에 감사하며 보낸 시간들…. 이 나이에는 임신보다 임신 유지가 더 힘들다는 것을 알기에 그저 조심, 또 조심하면서 나는 인생 앞에 저절로 겸손해짐을 느꼈다.

감사와 겸손이라는 단어의 뜻을 그렇게 온몸으로 체감하게 해준 것만으로도 이 아이는 내게 벌써 많은 것을 주었다. 그리고 내가 아이를 간절히 원한다는 것, 특히 그를 닮은 그의 아이를 원한다는 것을 깨닫게 해준 것만으로도….

"누구는 빈궁 마마로 등극했다는데 넌 뒤늦게 무수리가 되려고 하니?"

자궁을 들어내는 수술을 한 동창의 소식을 전하면서 친구들은 나의 늦은 임신을 짓궂게 격려한다. 아이들을 다 키워놓은 친구들은 육아의 어려움을 잘 알기에 축하와 걱정을 동시에 보낸다. 다 키워 놓으니 근심만 안겨주는 게 자식이라는 말도 덧붙인다. 다 부질없는 짓이라고 말하는 친구도 있다.

"말하자면 행복한 고생길로 접어드는 거지."

나는 조용히 대꾸하며 미소 짓는다. 고생을 피하려면 아이를 낳지 않는 것이 최선이겠지만 '편안한 것'만이 인생의 전부는 아닐 것이다. 임신과 육아가 아무리 부질없는 것이라 해도, 사랑과 결혼 또한 부질없는 것이라 해도, 인생의 의미는 목적이나 결과보다 그 과정에 더 많이 존재하고 있을 것이다.

임신이라는 과정을 겪으면서 나는 아주 높은 곳으로 올라가는 기분을 느끼고 있다. 올라갈수록 세상은 저만치 발아래서 예전과 다른 모습을 보여주었다. 지금까지 알지 못했던, 지금까지 볼 수 없었던 많은 것들을 새롭게 내 눈에 보이고 있다.

하지만 출산과 동시에 나는 다시 저 낮은 세상으로 내려가게 될 것이다. 번지점프를 하듯 단숨에 바닥으로 돌진하게 될 것이다. 그때, 세상은 또 다른 모습으로 다가오겠지.

큰아이가 잠에 취해 안방으로 들어온다. 아침 햇살을 즐기며 누워있던 나는 두 팔을 활짝 벌려 아이를 맞이한다. 어느새 작은 아이가 베개를 들고 와서 우리 둘 사이로 파고든다.

두 아이를 끌어안은 채 나는 그의 체온을 나의 등으로 느껴본다. 이윽고 그가 조용히 몸을 돌려 나의 등을 끌어안는다. 순간, 뱃속의 아이가 온몸을 떨듯 꿈틀거린다.

"쉿!"

놀란 눈을 뜨는 작은아이에게 신호를 보낸 뒤 나는 큰아이의 손과 그의 손을 내 배 위로 끌어당긴다. 그러자 기다렸다는 듯, 뱃속의 아이가 다시 한 번 힘차게 태동한다. 크고 작은 탄성이 방 안을 가득 채운다. 이 순간, 우리는 완전한 가족이다.

한때는 격렬하였으나 혼돈 속에 존재했던 그것. 목적도 결과도 개의치 않고 무조건 그 과정 속으로 뛰어들게 만들었던 그것. 그것이 이 고요한 시간 속에 모습을 드러내고 있다.

이제는 전설처럼 여겨지는 그 모습을 바라보면서 조용하고 웅숭깊은 움직임에 집중해 본다. 그와, 나와, 그의 아이들과 우리의 아이가 빚어낼 또다른 전설을 꿈꾸면서….

뽀요한 눈빛,
뽀요하던 사랑

김규나

재이가 엽서를 보내온 건 여름방학이 시작되고 열흘쯤 지났을 때였다. 파도가 바위에 부딪쳐 포말로 부서져 내리는 그림엽서였다. 친구들과 동해안으로 도보여행을 하는 중이라고 했다. 또박또박 써내려간 짧은 사연 끝에는 머잖아 자신의 건강한 모습을 볼 때까지 잘 지내길 바란다고 했다. 여행에서 돌아오면 반드시 나를 만나겠다는 은근한 결의처럼 느껴져서 나는 조금 당황스러우면서도 어쩐지 부끄러워졌다.

아침부터 비가 오락가락했다. 학원에서 토플강의를 듣는 동안

62

에도 자꾸 시계를 보았다. 강의가 끝나는 대로 근처 카페에서 재이를 만나기로 한 것이다. 재이가 왜 나를 만나자고 했는지 궁금했다. 깔끔하게 잘 정돈된 것 같은 느낌을 주는 재이는 그동안 이성을 포착하는 나의 레이더망에 걸린 적이 없었다. 그런데 엽서를 받은 다음부터 재이에게 신경이 쓰였다. 혹시 재이가 나를 이성으로 보는 거라면 기분이 좋을 것도 같았다. 이 근처에 올 일이 있었을 거야. 나는 약속 장소로 가는 길에 백 번쯤 중얼거렸다. 카페 앞에서 심호흡을 크게 하고 안으로 들어갔다.

"다음 주부터 영어회화 강의 들으려고. 너랑 같은 학원에 수강 신청했어."

먼저 와서 기다리고 있던 재이가 말했다. 나랑 같은 학원이라는 말에 마음이 설렜다.

"뭐 마실래?"

메뉴판을 내밀며 재이가 물었다.

"콜라."

그렇게 말하고 나는 재이를 쳐다봤다. 재이가 나와 같은 걸 주문하면 나를 좋아하는 것이고 다른 걸 시키면 아닌 거라고 믿기로 했다. 잠시 망설이던 재이가 웨이터에게 주문했다.

"전 사이다 주세요."

고작 엽서 한 장 받고 마음이 흔들린 내가 바보같이 느껴졌다. 재이는 여행 중 있었던 이야기를 들려주었고 나는 성의껏 고개를 끄덕였다. 그가 묻는 나의 일상을 얘기하기도 했다. 얼음을 많이 넣어서인지 탄산이 모두 빠져나간 것처럼 콜라는 싱거웠다.

"이 근처에 오백냥 하우스 있는 거 알지? 점심 먹으러 가자."

재이가 먼저 일어섰다. 만남의 의미가 다시 한 번 확실해지는 순간이었다. 그동안 읽은 로맨스 소설에서 얻은 연애정보에 따르면 마음에 드는 여자와 처음 만난 남자는 절대로 오백 원짜리 분식을 먹지 않았다.

"어, 오후에 비가 그친다고 해서 우산 안 가져왔는데."

잠시 멈췄던 비가 다시 내리고 있었다. 재이가 난감해하며 내 손에 들린 우산을 쳐다보았다.

"멀지 않으니까 같이 쓰지 뭐."

내가 말했다. 두 사람이 함께 쓰기에는 우산이 크지 않았다. 재이의 몸과 내 몸이 자꾸 부딪혔다. 나도 모르게 우산 바깥쪽으로 몸이 빠져나갔다. 내가 비 맞지 않도록 재이가 우산을 기울여주는데도 한쪽 어깨가 다 젖었다. 재이의 어깨는 나보다 더 많이 젖어가고 있었다.

"우산이 좀 작지?"

어색해진 내가 말했다.

"작아서 좋은데."

재이가 짓궂게 웃었다. 농담인지 진담인지 알 수 없었다. 사랑은 상대의 작은 몸짓, 사소한 말 한마디도 놓치지 않고 의미를 해석하려는 데서 시작된다는 걸 나는 그때 모르고 있었다.

뭐든지 오백 원 하는 분식집에서 뭘 먹겠냐고 재이가 다시 물었다.

"김밥, 넌?"

내가 재이를 쳐다보았다. '김밥, 김밥.' 나는 속으로 주문으로 걸었다. 메뉴판을 보지도 않고 재이가 말했다.

"난 떡볶이랑 튀김 먹을래."

여름방학이 끝날 때까지 같은 학원에 다니던 재이와 나는 거의 매일 만났다. 사귀자거나 좋아한다고 못 박아 말하지 않았어도 그 사이 재이와 나는 '그냥 친구'보다 조금 더 가까운 '이성 친구'가 되어가고 있었다. 언제부턴가 나와 똑같이 콜라를 주문해 마시던 재이에게 사이다를 더 좋아하는 거 아니냐고 물었을 때였다.

"나 너한테 고백할 거 있어."

사랑의 저울은 평형을 이루지 못한다.
반드시 어느 한쪽으로 기울어진 채 더 많이 사랑하는 쪽이
무게의 불균형을 견뎌야 하는 것이다.
사랑에 빠진 이들에게 미완이 주는 사랑의 설렘은
연애를 단순한 유치에서 끝내지 않고 찬란하게 만든다.
연애의 빛이 사라지고 나면 다시
건조한 흑백의 세상이 실체를 드러내겠지만
연애의 절정은 그래서 더욱 눈이 부시다.

김규나

재이가 말했다.

"고백?"

재이의 단어 선택에 나는 새삼 가슴이 뛰었다.

"여자들은 좋아하는 사람들끼린 같은 거 주문하는 거라고 믿는 다면서? 사실 콜라를 더 좋아하는데 너무 일찍 너한테 내 마음 들 킬까봐 일부러 사이다 시킨 거야."

"분식집에서도 그랬잖아."

"그거야 서로 다른 걸 시켜야 골고루 먹을 수 있으니까."

씨익 웃던 재이가 호흡을 가다듬었다.

"우산도 일부러 안 가지고 나온 거야. 그래야 너랑 같이 우산 쓸 기회가 생길 거 같았거든."

재이가 상기된 얼굴로 붉게 웃었다.

"우산 같이 쓸 때, 너무 좋아서 심장 터져 죽는 줄 알았어."

재이는 신입생 환영회 때부터 나를 눈여겨봤다고 했다. 그리고 나에 대한 관심이 일시적인 것은 아닐까 해서 재이는 한 학기 동안 혼자 고민했고, 여행을 하면서 자신의 마음이 진지하다는 것을 확신했다. 오랫동안 나를 지켜봐준 재이에게 괜히 미안해졌다. 재이 와 나는 술을 좋아하지 않았다. 대신 분위기 좋은 종로의 '오카방고'와 '파인힐'과 '스카이락'이라는 이름을 가진 카페를 즐겨 찾았다.

"이 노래 들어볼래?"

그날도 학원 끝나고 스카이락에서 함께 콜라를 마실 때였다. 재이가 가방에서 워크맨을 꺼내 귀에 이어폰을 꽂아주었다. 한창 유행하던 가요가 흘러나왔다. 노래를 듣는 동안 재이는 잠시 자리를 비웠다. 다시 자리로 돌아온 재이는 어땠냐고 물었다.

"좋아. 요즘 이 노래 인기잖아."

재이는 약간 실망하는 눈빛이었다. 며칠 후에 재이가 말했다.

"그 노래 가사, 내가 너한테 묻고 싶은 말이었거든. 네가 어떤 답을 해줄까 궁금했었어."

나는 그제야 집에 가서 노래를 반복해 들으며 가사를 연습장에 옮겨 적어 보았다.

쓸쓸하던 그 골목을 당신은 기억하십니까?

지금도 난 기억합니다.

사랑한다 말 못하고 애태우던 그날들을

당신은 알고 있었습니까?

수줍어서 말 못했나, 내가 싫어 말 안했나,

지금도 난 알 수 없어요.

이 노래를 듣는다면 나에게로 와 주오.

그대여, 난 기다립니다.

사랑에 빠지면 가요가 모두 자신의 마음이 된다는 법칙은 재이도 빗겨가지 않았다. 그러고 보니 나는 재이에 대한 마음을 분명하게 보인 적이 없었다. 재이는 나의 사랑을 확신하지 못했다. 재이가 몇 번 내 감정을 물어볼 때마다 내 대답은 한결같았다.

"말로 하는 약속은 내게 아무 의미가 없어."

사랑이란 확인하려고 해선 안 되는 거라고 나는 생각했다. 진짜 사랑이라면 말하지 않아도 믿어지는 것이고 의심 없이 느낄 수 있다고 믿었다. 말하는 순간 진실은 깨질 것만 같았다. 그것이 내가 문학을 통해 얻은 섣부른 사랑론이었다. 그러나 지금 돌아보니 내가 재이만큼 사랑에 눈 멀어 있지 않았기 때문인 것 같기도 하다. 사랑의 저울은 평형을 이루지 못한다. 반드시 어느 한쪽으로 기울어진 채 더 많이 사랑하는 쪽이 무게의 불균형을 견뎌야 하는 것이다. 재이는 매일 나를 집에 데려다주고 돌아가는 길이 조금은 쓸쓸했던 모양이었다.

그날도 재이는 조금 늦게 집 앞까지 나를 데려다주었다. 겨울 초입이어서 어스름이 일찍 내렸다. 전봇대에 걸어둔 30촉 백열등이 희미하게 골목을 비추고 있었다. 집에 막 들어가려는데 재이가 나를 붙잡았다.

"나 너한테 줄 선물 있어."

"오늘 무슨 날이야?"

"응"

"무슨 날인데?"

"아주 특별한 날. 손 내밀고 눈 감아봐."

나는 재이가 하라는 대로 했다. 가방을 열고 닫는 것처럼 부스럭거리는 소리가 들렸다. 어떤 선물일까. 내 기대는 점점 커지고 있었다. 그러나 재이는 선뜻 내 손바닥 위에 그 무엇도 올려놓지 않았다. 잠시 정적이 흘렀다. 무슨 일이 벌어지고 있는지 궁금했다. 눈을 떠야 하는 건지 계속 감고 있어야 하는 건지도 알 수 없었다. 그가 짓궂은 장난을 칠 것 같아서 약간 불안해지기도 했다. 내밀고 있는 손바닥이 간질간질해지는 것도 같았다. 그가 내 얼굴을 빤히 쳐다보고 있는 것 같기도 했다. 그 순간이었다. 입술에 살짝 와 닿는 따뜻함. 그리고 후다닥 뛰어가는 발자국 소리.

"사랑해."

벌써 저만치 뛰어간 재이가 하늘을 날아가기라도 할 것처럼 펄쩍펄쩍 뛰면서 크게 소리쳤다. 나는 그 자리에 한참이나 멍하니 서 있었다. 나의 첫 키스였다.

님! 그대 가시는 그 길에
내 자신은 낙엽이 되게 노력합니다.
님! 그대 있는 그곳에
내 자신은 천막이 되게 노력합니다.
님! 그대 아무리 빈 잔이라도
내 자신은 그 잔을 가득 채우도록 노력합니다.

사랑은 모든 이를 시인으로 만든다더니 재이는 그 다음날 정말 시인이 되어 나타났다. 태어나서 처음 썼다는 시를 의기양양하게 두 편이나 내 앞에 내밀었다. 나를 향한 글이 아니었다면 나는 그 자리에서 웃음을 터뜨렸을 것이다. 문학소녀라고 할 수는 없었지만 나름대로 책을 좋아하고 시를 외우며 다니던 내게 재이의 글은 시로 보이지는 않았다. 하지만 재이의 글에는 사랑에 빠진 스무 살 남자의 진심어린 흥분과 열기가 고스란히 묻어 있었다. 나를 생각하느라 늦은 밤까지 잠들지 못하고 수많은 파지를 내던지며

몇 번이나 고쳐 썼을 재이의 모습을 상상할 수 있었다. 전혀 문학적이지 않은 표현이었지만 나를 향한 천진하고 순수한 마음은 나를 감동시키고 말았다.

뽀요한 당신의 눈빛은
한 폭의 그림인 것 같습니다.
낙엽 위 그대의 눈길은
한 권의 시집인 것 같습니다.
우리!
이 자리에 있는 영혼들
하얗고 눈부시게 빛나는 것 같습니다

두 번째 시는 훨씬 더 들떠 있었다. 그런데 '뽀요한' 눈이란 게 대체 어떤 눈일까 너무 궁금해졌다. 처음 보는 낱말이었다. 한 폭의 그림과 한 권의 시집에 비유한 걸 보면 나쁜 뜻은 아닌 것 같았다. 혹시라도 마음 다칠까봐 무슨 뜻이냐고 조심스럽게 물었다.

"너의 예쁜 눈을 묘사한 거야. 느낌이 팍 오지 않아?"

재이는 당황했는지 얼굴이 발그레해졌다. 나는 고개를 끄덕이며 행복의 표정을 짓긴 했지만 내 눈빛을 수식한 낯선 형용사의 뜻이 궁금해서 견딜 수가 없었다. 집에 오자마자 사전을 뒤졌지만 찾지 못했다. 하는 수 없이 거울 속 내 눈을 한참이나 들여다보았다. '뾰'라는 말의 어감이 생소했다. '요'라는 말도 심상치 않았다. '뿅간다'는 말 같기도 했지만 요염하다는 말인가 싶기도 했다. 그러다 포기하고 말았다. 재이의 글이 갖는 문학성을 따질 필요가 없는 것처럼 낱말의 존재유무나 사전적 의미는 중요하지 않았다. 나를 위해 시를 쓴 재이, 그만큼 나를 좋아하는 마음이 소중할 뿐이었다. 나는 꽤 오랫동안 재이의 시를 수첩에 넣고 다녔다.

성격은 예민하면서도 행동은 덤벙거리는 나와 달리 재이는 매사에 꼼꼼하고 자상했다. 내가 감기라도 걸리면 보온병에 생강차를 담아왔고 생일이나 기념일은 빼놓지 않고 챙겼다. 길을 함께 걸을 때면 반드시 자신이 차도 쪽으로 걸었고 용돈을 모아 커플링을 선물할 줄도 알았다. 나에게 사랑을 전달할 수 있는 노래가 새로 나오면 몇날 며칠 외우고 연습해서 내게 불러주기도 했다. 우리가 사귀는 동안 재이는 내게 수십 통의 편지를 썼다. 물론 나는 그보다 더 많은 답장을 보냈다. 재이는 편지 마지막에 하트를 그려 넣기도 했는데 한 번은 그곳에 잉크가 번져 있었다. '이곳에 당신의 입을 맞추면 우리는 키스를 하는 것이야' 라고 추신이 쓰여 있었다. 나는 잠들기 전 재이가 보고 싶을 때마다 잉크가 번진 하트 위에 가만히 입을 맞추곤 했다.

"네 심장만 뛰면 언제까지나 네 옆에 있을 수 있어"라고 내게 속삭이던 재이의 마음은 그 순간 진실했고 나는 진심으로 재이의 사랑을 믿었다. 세상엔 재이와 나의 사랑 이외에 가치 있는 것은 하나도 없었다. 세상은 우리 사랑의 들러리였고 학업과 취업과 성공은 우리 두 사람이 함께하게 될 미래를 위한 준비과정일 뿐이었다. 세상의 중심은 재이와 나, 우리의 사랑이었다. 스무 살의 사랑은 멈출 줄 몰랐고 순화될 줄 몰랐으며 감춰지지 않았다. 재이는 편지로 내게 청혼했다. 그리고 이렇게 덧붙였다.

'나중에 비록 혼자 남겨진다 해도 당신에 대한 감정은 변치 않을 것입니다. 왜냐하면 당신에게 내 자신이 모든 것을 줄 수 있다는 것만으로도 만족하는 까닭입니다. 당신을 가슴에 눈물이 고일 만큼 사랑합니다. 당신은 내 자신의 분신입니다.'

결과적으로 나를 적응시키긴 못했지만 재이가 늘 주장하던 사랑의 슬로건은 '열심히 사랑하자, 죽도록 사랑하자, 행복하게 사랑하자'였다. 지금 생각해보면 우리의 사랑이 영원할 수 없었던 이유였는지도 모르겠다. 나는 재이의 사랑에 행복하면서도 차츰 숨이 찼다. 재이는 사랑의 행군을 하고 있었다. 나는 따라가다 지쳤고 재이는 자신의 행보를 따라주지 못하는 내게 절망했다.

사랑은 아름답지만 연애는 유치하다. 연애는 다른 사람들의 눈에 한없이 어리고 미숙하게 보인다. 하지만 사랑에 빠진 이들에게 미완이 주는 사랑의 설렘은 연애를 단순한 유치에서 끝내지 않고 찬란하게 만든다. 연애의 빛이 사라지고 나면 다시 건조한 흑백의 세상이 실체를 드러내겠지만 연애의 절정은 그래서 더욱 눈이 부시다. 그 찬연한 빛에 사랑하는 두 사람은 눈이 멀어버린다. 긴 시간이 지났고 인연은 재이와 나를 서로 등 돌리게 했다. 나를 사랑했고 내 사랑을 더 많이 열망했던 재이의 눈빛조차 이제 기억나지 않는다. 거울을 볼 때면 어린 시절 재이의 가슴을 '뽀요하게' 만들던 내 눈빛을 가끔 찾아볼 뿐.

바다의 기별

_곡릉천에서

김 훈

모든, 닿을 수 없는 것들을 사랑이라고 부른다. 모든, 품을 수 없는
것들을 사랑이라고 부른다. 모든, 만져지지 않는 것들과 불러지지
않는 것들을 사랑이라고 부른다. 모든, 건널 수 없는 것들과 모든,
다가오지 않는 것들을 기어이 사랑이라고 부른다.

내가 사는 마을의 곡릉천(曲陵川)은 파주 평야를 구불구불 흘러
서 한강 하구에 닿는다. 여름내 그 물가에 나와서 닿을 수 없는 것
들과 불러지지 않는 것들을 생각했다. 마침내 와서 닿는 것들과
돌아오고 또 돌아오는 것들을 생각했다. 생각의 나라에는 길이 없

어서 생각은 겉돌고 헤매었다. 생각은 생각되어지지 않았고, 생각되어지지 않는 생각은 아프고 슬펐다.

바다는 멀어서 보이지 않는데, 보이지 않는 바다의 기별이 그 물가에 와 닿는다. 김포반도와 강화도 너머의 밀물과 썰물이 이 내륙 하천을 깊이 품어서 양안(兩岸)의 갯벌은 늘 젖어 있다. 밀물을 따라서 내륙을 향하는 숭어 떼들이 수면 위로 치솟고 호기심 많은 바다의 새들이 거기까지 물을 따라 날아와 갯벌을 쑤신다. 그 작은 물줄기는 바다의 추억으로 젖어서 겨우 기신기신 흐른다. 보이지 않는 바다가 그 물줄기를 당겨서 데려가고 밀어서 채우는데, 물 빠진 갯벌은 '떠돌이 창녀 시인 황진이의 슬픈 사타구니'(서정주 시 「격포우중」 중에서)와도 같이 젖어서 질퍽거린다. 저녁 썰물에 물고기들 바다로 돌아가고 어두워지는 숲으로 새들이 날아가면 빈약한 물줄기는 낮게 내려앉아 겨우 이어가는데, 먼 것들로부터의 기별은 젖은 뻘 속에서 질척거리면서 저녁을 빛으로 사윈다.

가을은 칼로 치듯이 왔다. 가을이 왔는데, 물가의 메뚜기들은 대가리가 굵어졌고 굵은 대가리가 여름내 햇빛에 그을려 누렇게 변해 있었다. 메뚜기 대가리에도 가을은 칼로 치듯이 왔다. 그것들도 생로병사가 있어서 이 가을에 땅 위의 모든 메뚜기들은 죽어야 하리. 그 물가에서 온 여름은 혼자서 놀았다. 놀았다기보다는 주

79

저앉아 있었다. 사랑은 모든 닿을 수 없는 것들의 이름이라고, 그 갯벌은 가르쳐주었다. 내 영세한 사랑에도 풍경이 있다면, 아마도 이 빈곤한 물가의 저녁 썰물일 것이었다. 사랑은 물가에 주저앉은 속수무책이다.

사랑의 메모장을 열어보니 '너'라는 글자가 적혀 있다. 언제 적은 글인지는 기억이 없다. 너 아랫줄에 너는 이인칭인가 삼인칭인가, 라는 낙서도 적혀 있다. '정맥'이라는 글자도 적혀 있다. 너와 정맥을 합쳐서 '너의 정맥'이라고 쓸 때, 온몸의 힘이 빠져서 기진맥진했던 기억이 떠올랐다. '이름'이라는 글자 밑에는 이름과 부름 사이의 거리는 얼마인가라고도 적혀 있다. 치타, 백곰, 얼룩말, 부엉이 같은 말을 걸 수 없는 동물들의 이름도 들어 있다. 이 안쓰러운 단어 몇 개를 징검다리로 늘어놓고 닿을 수 없는 저편으로 건너가려 했던 모양인데, 나는 무참해서 메모장을 덮는다.

물가에서 돌아온 밤에 램프 밑에 앉아서 당신의 정맥에 관하여 적는다.
그해 여름에 비 많이 내렸고 빗속에서 나무와 짐승들이 비린내를 풍겼다. 비에 젖어서, 산 것들의 몸 냄새가 몸 밖으로 번져 나오던 그 여름에 당신의 소매 없는 블라우스 아래로 당신의 흰 팔이 드러났고 푸른 정맥 한 줄기가 살갗 위를 흐르고 있었다. 당신의 정맥에서는 새벽안개의 냄새가 날 듯했고 당신의 정맥의 푸른색은 낯선 시간의 빛깔이었다. 당신의 정맥은 당신의 팔뚝을 따라 올라가서, 점점 희미해서 가물거리는 선 한 줄이 당신의 겨드랑이 밑으로 숨어들어갔다. 겨드랑 밑에서부터 당신의 정맥은 당신의 몸속의 먼 곳을 향했고, 그 정맥의 저쪽은 깊어서 보이지 않았다. 당신의 정맥이 숨어드는 죽지 밑에서 당신의 겨드랑 살은 접히고 포개져서 작은 골을 이루고 있었다. 당신이 찻잔을 잡느라고, 책 갈피를 넘기느라고, 머리카락을 쓸어 올리느라고, 자동차 스틱 기어를 당기느라고 또는 웃는 입을 가리느라고 팔을 움직일 때마다 당신의 겨드랑 골은 열리고 또 닫혀서 때때로 그 안쪽이 들여다보일 듯했지만, 그 어두운 골 안쪽으로 당신의 살 속을 파고 들어간 정맥의 행방은 찾을 수 없었고 사라진 정맥의 뒤 소식은 아득히 먼 나라의 풍문처럼 희미해서 닿을 수 없었다. 정맥의 저쪽으로부터는 아무런 기별이 오지 않았는데, 내륙의 작은 하천에 바다의 조짐들과 바다의 소금기가 와 닿듯이, 희미한 소금기 한 줄이 얼핏 스쳐오는 듯도 싶었고 아무 냄새도 와 닿지 않는 듯도 싶었다. 환청(幻聽)이나 환시(幻視)처럼 냄새에도 환후(幻嗅)라는 것이 있어서

사랑은 모든 닿을 수 없는 것들의 이름이라고,
그 갯벌은 가르쳐 주었다.
내 영세한 사랑에도 풍경이 있다면,
아마도 이 빈곤한 물가의 저녁 썰물일 것이었다.
사랑은 물가에 주저앉은 속수무책이다.

헛것에 코를 대고 숨을 빨아들이는 미망이 없지 않을 것인데, 헛것 인가 하고 몸을 돌릴 때, 여름 장마의 습기 속으로 번지는 그 종잡 을 수 없는 소금기는 멀리서 가늘게, 그러나 날카롭게 찌르며 다 가오는 듯도 했다. 내 살아 있는 몸 앞에서 너는 그렇게 가깝고 또 멀었으며, 그렇게 절박하고 또 모호했으며 희미한 저쪽에서 뚜렷 했다.

　너가 이인칭인지 삼인칭인지 또는 무인칭인지 알 수 없는 날엔 혼자서 동물원으로 간다. 동물들은 모두 다 제 똥과 오줌과 제 몸 의 냄새를 풍긴다. 기린이나 얼룩말이 목을 길게 빼고 먼 곳을 바 라볼 때, 그 망막에 비치는 세계의 내용을 나는 알 수가 없다. 나는 기린의 눈의 안쪽으로 나의 시선을 들이밀 수가 없다. 올빼미의 눈 과 독수리의 눈에 비치는 나를 나는 감지하지 못한다. 늙은 독수 리는 나뭇가지에 앉아서 미동도 하지 않고 철망 밖을 내다본다. 백곰은 하루 종일 철망 안쪽을 오락가락한다. 그의 앞발은 무겁고 그의 엉덩이는 늘어져 있다. 백곰은 앞발을 터벅터벅 내딛어, 몸을 흔들며 철망 안을 서성거린다. 코를 철망에 비비면서 저쪽 끝까지 갔다가 다시 돌아온다. 백곰의 눈은 반쯤 감겨 있다. 백곰의 동작 은 대낮의 몽유(夢遊)처럼 보였다. 철망에 쏠려서 헤진 콧구멍으로 피를 흘리면서, 백곰은 돌아오고 또 돌아간다. 수사자는 시멘트

바닥 위에서 저편으로 돌아누워 있다. 갈기가 흘러내려 바닥에 닿았고 돌아누운 옆구리를 벌떡거리며 숨을 쉰다. 귀 기울이면 사자의 숨소리가 들린다. 숨은 바람처럼 사자의 콧구멍에 몰려 들어갔다가 다시 쏟아져 나온다. 숨이 드나들 때, 창자가 "가르릉"거리는 소리도 들린다. 늙은 사자의 숨소리는 불균형하고 숨 쉬는 옆구리는 힘들어 보인다. 코끼리 발바닥은 발가락 다섯 개가 한 덩어리로 붙어 있고, 붙은 발가락에 제가끔 발톱이 박혀 있다. 공룡의 시대부터 지금까지 그 발가락 다섯 개는 분화되지 않았다. 코끼리는 그 들어붙은 발바닥으로 둔중하게 땅을 딛는다. 다시 억겁의 세월이 지나야 코끼리의 발바닥은 갈라지는 것인지, 발가락은 갈라짐의 먼 흔적들을 지닌 채 들어붙어 있다.

사랑의 메모장에 왜 동물 이름을 적어 놓은 것인지 지금은 기억이 없다. 아마도 '사랑'이 아니라 '죽음'의 항목 안에 써 놓아야 할 단어들이었다. 동물원에서 코끼리 발바닥과 기린의 눈동자를 들여다보면서, 너는 이인칭이 아니라 삼인칭임을 안다. 너가 삼인칭으로 다가오는 날엔 내가 사는 마을의 곡릉천을 보러 가고 싶다.

다시 사랑의 메모장을 연다. '시선'이라는 단어가 적혀 있다. '강'이라는 단어도 적혀 있다. 시선을 적은 날은 봄이었고, 강을 적은

날은 가을이었다. 봄에서 가을 사이에는 아무런 메모도 없었다. 메모가 없는 날들이 편안한 날들이었을 것이다. 시선 밑에는 '건너가기'라고 적혀 있고, 강 밑에는 또 '혈관'이라는 말이 적혀 있다. '농수로'도 있고 '링거주사'도 보인다. 불쌍해서 버리고 싶은 단어들인데, 버려지지가 않는다.

　내가 당신과 마주앉아 당신의 이름을 부를 때 당신이 숙였던 고개를 들어서 나를 바라보았고, 당신의 시선이 내 얼굴에 닿았다. 당신의 시선은 내 얼굴을 뚫고 들어와 내 몸속으로 스미는 듯했고, 나는 당신의 이름을 부르는 나의 목소리에 이끌려, 건너와서 내게 닿는 당신의 시선에 경악했다. 내가 당신의 이름을 부르는 그 부름으로 당신에게 건너가고 그 부름에 응답하는 당신의 시선이 내게 와 닿을 때, 나는 바다와 내륙 하천 사이의 거리와, 나와 코끼리 발바닥 사이의 시간과 공간이 일시에 소멸하는 환각을 느꼈다. 그것이 환각이었을까. 환각이기도 했겠지만, 살아 있는 생명 속으로 그처럼 확실하고 절박하게 밀려들어온 사태가 환각일 리도 없었다. 그리고 당신이 다시 시선을 거두어 고개를 숙일 때, 당신의 흘러내린 머리카락 위에서 햇빛은 폭포처럼 쏟아져 내렸다. 당신은 당신의 피부로 둘러싸였고 나는 나의 피부로 둘러싸여, 당신의 먼 변방에 주저앉은 나는 당신의 겨드랑이 밑으로 숨어드는 푸른 정맥을 바라보고 있었다.

그때, 당신의 푸른 정맥은, 낮게 또 멀리 흐르는 강물처럼 보였다. 나는 나주 남평의 드들강을 생각했다. 드들강은 넓고 고요하다. 들에 낮게 깔려 다가오는 그 강은 멀리 굽이치며 마을로 다가왔고 다시 굽이쳐서 들로 나아갔다. 강안에 둑이 없어서 수면은 농경지에 잇닿았고, 굽이치는 안쪽으로 물풀이 우거져 새들이 퍼덕거렸다. 느리게 다가오는 강은 강가에 앉은 자의 몸속을 지나서 흘렀다. 저녁이면 노을이 풀리는 강물은 붉게 빛났고, 강물이 실어오는 노을과 어둠이 몸속으로 스몄다. 당신의 겨드랑 속으로 사라지는 당신의 정맥이 저녁 무렵의 강물처럼 닥쳐올 시간의 빛깔들을 실어서 내 몸속으로 흘러들어오기를 나는 그 강가에서 꿈꾸었던 것인데, 그때 내 마음의 풍경은 멀어서 보이지 않는 바다의 기별을 기다리고 또 받아내는 곡릉천과도 같았을 것이다. 곡릉천은 살아서 작동되는 물줄기로 먼 바다와 이어져 있다.

내 빈곤한 사랑의 메모장은 거기서 끝나 있다. 더 이상의 단어는 적혀 있지 않다. '관능'이라고 연필로 썼다가 지워버린 흔적이 있다. 아마도, 닿아지지 않는 관능의 슬픔으로 그 글자들을 지웠을 것이다. 너의 관능과 나의 관능 사이의 거리를 들여다보면서 그 두 글자를 지우개로 뭉개버렸을 것이다.

　모든, 닿을 수 없는 것들과 모든, 건널 수 없는 것들과 모든, 다가오지 않는 것들과 모든, 참혹한 결핍들을 모조리 사랑이라고 부른다. 기어이 사랑이라고 부르는 것이다.

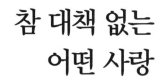

참 대책 없는
어떤 사랑

양귀자

이 나이쯤 되면 어쩐지 '사랑'이라는 단어를 사용하는 일이 좀 힘들어진다. 굳이 그 단어가 필요한 경우와 맞닥뜨리면 하는 수 없이 에둘러 돌아가는 길을 택하게 된다. 아니면 나름대로 어슴푸레한 표현법을 강구하기도 한다. 그러면 비로소 예전부터 알아왔던 '사랑'이라는 의미와 그런 대로 부합되는 느낌이 들기는 한다.

가만, 나이를 앞에 깔고 이야기를 시작하는 스타일, 정말 별로라고 생각했었다. 품격의 모자라는 부분을 나이로 채우려는 사람,

조심하며 살아야 한다고 믿었다. 그런데 지금 내가 혹시 그런 식으로 가는 것 아닌가….

아니다. 그렇지 않다. 나이가 문제가 아니라 사랑이 문제다. 사랑은 나날이 호흡이 짧아지고, 사랑은 나날이 빛의 속도로 발전하고, 사랑은 나날이 놀랄 만한 기교를 덧붙인다. 요즈음 사랑은 그렇다. 그러니 나처럼 좀 멀리 간 사람한테는 그 단어를 발음하는 일이 힘들밖에.

거기다 더해서 지난 가을 내가 만났던 한 여자의 참으로 대책 없는, 발전 가능성도 없는, 번번이 어긋나고 마는 사랑 이야기를 들려주려 하니 이제는 슬슬 민망해질 판이다. 그럼에도 불구하고 나는 시작한다. 이 이야기는 언뜻 우리가 늘 말하는 '사랑'이라는 단어의 원래 의미를 기억하게 해준다. 아직도 나는 이런 것이 사랑이라고 믿는다.

하나 더. 이 이야기에는 주제가가 있다. 할 수 있다면 주제가를 한번 듣고 이 글을 읽어줬으면 좋겠다. 아니, 배경음악으로 볼륨을 약간 줄여놓고 읽으면 더할 나위 없겠다. 혹시 형편이 여의치 않은 독자들을 위해 여기 그 노래의 가사를 일부 옮겨 놓기로 한다. 노래의 목소리는, 우리가 너무나 잘 알고 있는, 그 먹먹한 음성의 김광석이다. 꼭 김광석이어야만 한다….

그대를 생각하는 것만으로
그대를 바라볼 수 있는 것만으로
그대의 음성을 듣는 것만으로도
기쁨을 느낄 수 있었던 그날들

그대는 기억조차 못하겠지만
이렇듯 소식조차 알 수 없지만
그대의 이름을 부르는 것만으로도
눈물이 흐르곤 했었던 그날들

잊어야 한다면 잊혀지면 좋겠어
부질없는 아픔과 이별할 수 있도록
잊어야 한다면 잊혀지면 좋겠어
다시 돌아올 수 없는 그대를

그대를 생각하는 것만으로

그대를 바라볼 수 있는 것만으로
그대의 음성을 듣는 것만으로도
기쁨을 느낄 수 있었던 그날들

_「그날들」 김광석

그날, 계절은 아마도 여름과 가을 사이를 흐르고 있었을 것이다. 여름이라고 우겨도 하는 수는 없지만 달력은 이미 단풍을 그리고 있었다. 그렇지만 올해 여름 끝 더위는 참 유난했다. 모두들 오지 않는 가을에 막 화가 나려고 하는 무렵이었다.

그래서 그날을 여름이라고도, 가을이라고도 말할 수 없다. 이상한 여름, 혹은 이상한 가을, 이라고 말할 수는 있겠다. 그날, 나 역시 운전을 하면서 서너 번 정도 정말 이상한 날씨야, 라고 중얼거렸다.

이상한 것은 그뿐만이 아니었다. 도대체 나는 왜 해가 설핏 기우는 오후에 느닷없이 차를 몰고 나왔는지 명료하게 설명할 수 없다. 우울한 기분이 들어 바람이나 쐬려고? 날씨도 무더운데 그냥 한번 시원하게 달려서 스트레스나 풀려고? 한적한 교외로 나가 한적한 찻집에 앉아 한적하게 커피나 한잔 마시는 서정성을 즐겨보려고?

모두 다 맞는 답이 아니다. 그러나 분명한 것은 모두 다 내가 꿈에도 그리던 희망사항 목록들이라는 사실이다. 나는 아주 오랫동안 자동차를 가지고 '그렇게 하는 나'를 상상했었다. 그리고 아주 오랫동안 자동차에 관한 한 그렇게 하는 나를 볼 수 없으리라고 미리 포기하고 살아왔다.

뭐, 여기에서까지 나의 참담한 운동신경을 다시 고백하고 싶은 생각은 없다. 운전을 못해서 불편한 일도 사실 별로 없었다. 모두들 운전을 하고 있기에 나 같은 사람이 하나 끼어 있으면 오히려 골라서 승차하는 특별대우도 누릴 수 있다.

그러다 지난해 겨울, 갑자기 그런 내가 한없이 싫어졌다. 꼭 자동차 운전만이 아닌, 이제까지 내가 살아온 방식들이 모두 싫어지는 그 병이 다시 도진 것이다. 삶에의 염증, 그 병은 단언하건대 누구도 피해갈 수 없는 인간 공통의 업장(業障)이다. 그래서 어느 날 갑자기 운전면허 학원을 찾아가 등록을 했다. 내가 가장 두려워했던 일을 찾았더니 운전이어서 그렇게 했다.

이제야 하는 말이지만, 운전을 배우면서 나이에 관한 자각을 철저히 했다. 나이를 앞에 깔고 이야기를 시작해야만 하는 분야가 바로 운전이었다. 장내 주행코스 교사로 내 앞에 나타난 강사가 먼저 나를 공격했다. 아이고, 왜 나는 꼭 나이 많은 학생들만 배당되는지 몰러. 가만 보니 내게 배당된 그 역시도 수십 명 강사 중에 가장 나이가 많아 보였다. 나라고 섭섭하지 않겠는가. 젊고 민첩한 강사 다 놓아두고 하필….

물론 입 밖으로 그 말을 내놓지는 못했다. 덕분에 오기가 좀 생겼다. 좋아, 한번 해보자고. 그래서 열심히 다녔다. 마침내 면허증을 얻고 시내 연수를 받게 되었다. 연수강사를 찾기 위해 인터넷을 검색해보니 또 나이에 관한 법칙이 횡행하고 있었다. 20대는 스무 시간, 30대는 서른 시간…. 그러니까 나는 오십 시간을 받아야 한다는 논리였다.

다행히도, 훌륭한 연수강사를 만난 덕분에, 나는 스무 시간 연수로 운전에 관한 모든 교습을 끝냈다. 열 시간쯤 더 받아야 되지 않을까 망설이는 나에게 우리의 훌륭한 강사님이 해주시는 격려 말씀은 이랬다. 아닙니다. 선생님 연배로는 이만큼 하시는 분도 없어요!

그렇게 지난 해 연말 초보운전자가 되었다. 그리고 해가 바뀌어 다시 가을이 오고 있는 그 시점에도 나는 여전히 초보운전자였다. 나는 외출 때마다 늘 택시를 타거나 버스를 타고 있었다. 차를 몰고 나갈 수 없는 이유는 수십 가지가 넘었다. 비가 오니까, 길을 모르니까, 텅텅 비어 있는 환상의 주차장이 없으니까, 혹시 늦으면 밤 운전을 해야 하니까, 그것도 아니라면 오늘은 어째 기분이 찜찜한데 꼭 운전을 해야만 하는가, 하는 식으로 자문자답을 되풀이했다. 운전을 배우기 전과 비교하면 오히려 스트레스만 더 늘었다.

그런 스스로가 싫어지지 않는다면 거짓말이다. 그날, 나는 대충 그러한 상태에 있었다. 무덥고 축축한 가을 속의 이상한 여름 날씨, 조금도 새로워지지 않은 나, 앞으로도 전혀 새로워질 것 같지 않은 나….

결국 자리를 박차고 일어났다. 어쩌자는 작정도 없이 집을 나와 자동차에 시동을 걸었다. 거기까지는 용감하게 해냈다. 한 번만 더 용기를 내면 되는 것이었다. 한 번만 더.

그런데 왜 용감해졌을까. 복잡한 시내를 달리면서 나는 속으로 수 없이 되물었다. 도대체 왜 한 번 더 용기를 냈던 것일까.

　진땀을 흘리며 시내를 빠져나와 앞뒤의 차들이 마구 속력을 내는 근교의 자동차 도로를 달리면서는 그나마도 물음이 짧아졌다. 도대체 왜, 왜.

　어쨌든 나는 직진 중이었다. 경험자들은 다 알다시피 직진만이 내가 살 길이었다. 그래도 내가 달리는 도로가 고속도로가 아니어서 다행이었다. 저 유명한 초보운전자의 일화, 유턴을 못해서 퇴근길에 서울 집을 놓아두고 부산까지 직진했다는….

　하여간 나는 달렸다. 정확히 어디인지 알 수는 없었지만 송추, 의정부 등등이 적힌 표지판들이 나를 스쳐갔다. 이런 식이라면 의정부는 시간문제, 깜깜한 밤중에 포천이나 철원에서 한 번만 더 용기를 내자고 되뇌고 있을 게 뻔했다. 게다가 주홍빛 붉은 태양이 막 사라지려고 하는 찰나였다. 낮 운전도 이런데 밤 운전이라니.

　나는 정신을 차리고 왼쪽을 주시했다. 진입할 만한 곳이 있으면 일단 들어가서 돌려 나오겠다는 야무진 계산을 하기는 했다. 그렇지만 차를 돌릴 만한 진입로는 쉽게 나타나지 않았다. 예비군훈련장인지 군부대는 속출했지만 사람들이 있거나 보초가 있어서 포기했다. 자존심 때문에.

그러다가 멀리 입구가 제법 넓은 길을 하나 발견했다. 근처에 자동차나 사람도 보이지 않았다. 좌회전 신호를 받고 왼쪽 길로 들어섰다. 마침내 직진을 끝낸 것이다, 라고 안심하기도 전에 내 앞에 펼쳐진 길은 마주 오는 차도 비켜가기 어려울 만큼 좁았다. 차를 돌려 나갈 만한 공간도, 자신도 없으니 다시 달릴 밖에. 저만큼 앞에는, 이미 시커멓게 변해가는 높고 깊은 산이 어서 오라 나를 부르고 있었다.

그 산자락에, 그녀가 있었다.

그녀가 거기 있어서 멈춘 것이 아니었다. 더 이상 길이 없었다. 산자락 밑에서 길은 거짓말처럼 사라지고 말았다. 상황 파악을 끝낸 나는 차에서 내렸다.

그녀가 거기 있다는 것은 이미 알고 있었다. 멀리서부터 그녀의 실루엣이 심상치 않았다. 일몰의 푸르스름한 시간에, 검은 빛으로 물들고 있는 산을 배경으로 하고, 한 여자가 오도카니 앉아 다가오는 자동차를 꼿꼿하게 주시하고 있었으니 나도 긴장을 하지 않을 수 없었다.

긴장의 강도는 오히려 그녀가 더했음이 틀림없었다. 차가 멈추자 일어나 한 걸음 다가오던 그녀가 차에서 내리는 나를 보곤 망연자실, 눈을 크게 뜨더니 그대로 주저앉아 버렸다.

당황했지만, 놀라지는 않았다. 가까이서 보니 여자는 전혀 괴기스러운 분위기가 아니었다. 연보라 빛깔의 단정한 블라우스와 남색 바지가 아주 잘 어울리는 어여쁜 모습인 데다, 주변을 보니 야외용 돗자리와 피크닉 도시락, 꽃무늬 양산까지 더위를 피해 나온 소풍객인 것이 확연했다.

그런데 왜 혼자인지 조금 궁금했으나 그것보다는 내 상황이 더 급했다. 여자가 앞뒤 좌우를 잘 봐주면 간신히 차를 돌려 나갈 수 있을 것도 같았다. 여자는 내 말을 듣더니 고개를 끄덕였다. 서른? 아니면 마흔? 나이를 짐작할 수 없는 얼굴이었다. 그러나 깊고 오랜 슬픔에 젖어 있는 표정인 것은 다 드러났다.

여자의 도움으로 간신히 차를 돌렸다. 방향을 지시하는 어휘들로 미루어선 운전이 능숙한 것이 분명한데도 자신이 나서지는 않았다. 출발하기 전, 내가 물었다. 같이 가지 않겠느냐고. 그럴 수밖에 없었다. 어느 사이 주위가 다 회색빛이었다. 어둠은 쏜살같이

양귀자

사랑의 불찰은 바로 그런 순간에 오는 것이지요.

그의 웃음이 심심해지고,

그의 다정함이 구속으로만 여겨지고,

그의 행복이 나와는 무관한 듯 여겨지고,

저는 점점 건방져갔어요.

이런 사랑, 너무 흔해서 시시하다고,

이런 사랑, 너무 탈이 없어서 지루하다고….

들이닥칠 것이었다. 뒤는 숲, 앞은 좁은 농로, 여자 혼자 차가 다니는 도로까지 피크닉용품을 들고 걷기에는 무리가 있었다.

그날 우리는 그렇게 만났다.

그렇게 끝날 수도 있었는데, 이야기가 더 길어진 것은 순전히 김광석의 노래 때문이었다. 낯선 여자와의 침묵이 버거워서 음악을 등장시켰고, 그 CD는 당연히 김광석이었다. 최근 몇 년간 나는 줄기차게 김광석을 듣고 있었다.

'서른 즈음에', '거리에서', '너무 아픈 사랑은 사랑이 아니었음을' 그리고 '그날들'이 나왔을 것이다. 갑자기 여자가 푹, 앞으로 고꾸라졌다. 그리고 폭포 같은 눈물이 쏟아져 나왔다. '그날들'이 흘러나오기 직전 여자가 한마디 하기는 했다. 하필 김광석이네요….

결국 차를 오른쪽으로 대고 비상등을 켰다. 노래는 가슴을 치고, 여자는 울고, 날은 벌써 깜깜해졌고, 밤 운전은 처음이고, 하는 수 없는 일이었다. 나는 가만히 기다렸다. 노래가 대신 내게 말을 걸고 있었다. 잊어야 한다면 잊혀지면 좋겠어, 부질없는 아픔과 이별할 수 있도록, 잊어야 한다면 잊혀지면 좋겠어, 다시 돌아올 수 없는 그대를….

그 사람을 생각하는 것만으로, 그 사람을 바라볼 수 있는 것만으로, 그 사람의 음성을 듣는 것만으로도 충만했던 날들이 있었어요. 좋은 사람이었어요. 언제나 내 말에 귀 기울여주었고, 단 한 번도 내 말에 반박을 한 적이 없었지요. 만나면 솜털처럼 포근한 사람이었어요. 그도 그랬어요. 너를 생각하는 것만으로도 이렇게 행복하니 어쩌면 좋으냐고.

사랑의 불찰은 바로 그런 순간에 오는 것이지요. 그의 웃음이 심심해지고, 그의 다정함이 구속으로만 여겨지고, 그의 행복이 나와는 무관한 듯 여겨지고, 저는 점점 건방져갔어요. 이런 사랑, 너무 흔해서 시시하다고, 이런 사랑, 너무 탈이 없어서 지루하다고….

만난 지 다섯 해 만에 결국 헤어졌어요. 제가 등을 돌린 것이지요. 새롭게 마음을 끌어당기는 남자가 저를 보고 자꾸 웃어주었거든요. 이제는 그 사람 말고 다른 사람을 생각하면서, 바라보면서, 음성을 들으면서 기쁨을 느꼈지요.

그런데도 그 사람, 한 달도 넘게 매일 밤 마음 변한 여자네 집 담벼락에 기대서 울었어요. 새벽에 나가보면 서리를 하얗게 인 머리로 가만히 제 얼굴을 바라보았지요. 눈물이 그렁그렁한 눈으로.

그것이 더 싫었다면, 이해하시겠어요? 그 못남이, 그 어리석음이, 그 집요함이 한층 더 저를 매몰차게 만들었지요. 나는 도저히 되돌릴 수 없는데, 정말 돌아가고 싶지 않은데, 그 사람은 수없이 말했어요. 아직도 늦지 않았어. 부디 돌아와줘….

일 년 쯤 지나 새로 만난 사람과 결혼을 약속했을 무렵, 사실 조금 흔들렸어요. 이게 아닌 것 같아, 하는 느낌이 가끔 들기는 했어요. 그 무렵부터 결혼을 약속한 남자와 삐걱거리기 시작했지만 상황이 끌려 따라가고만 있었어요. 그러면서도 마음속으로는 이랬지요. 그래, 정 아니다 싶으면 마지막 순간에 그 사람에게 돌아갈 거야. 그는 언제라도 바로 그 자리에서 나를 기다려줄 사람이니까.

그런 몹쓸 생각을 지닌 채 결혼식장에 갔었지요. 결혼식장에, 그 사람, 나타났어요. 회색 양복의 핼쑥한 그의 얼굴이 지금도 어제 일처럼 떠올라요. 그 사람, 나에게 말하는 듯했어요. 지금이, 지금이 바로 마지막 순간이야, 내게 돌아올 수 있는.

그러나 마지막 순간은 그날부터 3년이나 지난 후에 찾아왔어요. 남편은 만나는 모든 여자에게 웃음을 주는, 세상 모든 여자의 연인이 되고 싶은 사람이었어요. 싸움을 걸어도 천연덕스럽게 웃으며 이렇게 말하지요. 이런 바보, 사랑의 유효기간이 우유의 유효기간보다 짧다는 것 몰라? 그 말은, 너에 대한 사랑도 끝났지만 지금 만나는 여자를 향한 사랑도 곧 끝날 것이므로 굳이 화를 낼 필요가 어디 있냐는 뜻이었어요.

문제는 저한테도 있었지요. 결혼해서 3년 동안 줄곧 머릿속에 그 몹쓸 생각을 담아두고 있었어요. 정 아니다 싶으면 마지막 순간에 그 사람에게 돌아갈 거야. 나한테는 벽처럼 단단한 바람막이 사랑이 하나 있는걸.

정작 이혼을 제의한 것은 남편이었어요. 늘 화를 내고 있는 마누라, 앞뒤 꽉꽉 막힌 마누라, 지긋지긋하다고 그가 어느 날 집을 나가버렸어요. 알고 보니 이번에는 유효기간이 꽤 길 것 같은 근사한 연인의 오피스텔로 옮겨 앉은 것이었어요. 그 사실을 알려준 친구가 한 가지 더 나쁜 소식을 전하대요. 내 바람막이 사랑, 그 사람이 얼마 전에 결혼했다고, 그 사람의 아리따운 신부가 자기 회사 동료의 친척이래요. 그 다음 말은 제 귀에 들어오지 않았어요. 그 사람도 결혼을 할 수 있다는 생각, 저는 왜 하지 못했을까요?

바람막이도 없는 채 이혼을 하고 이쪽으로 집을 구했어요. 벌써 일 년이 훨씬 넘은 일이네요. 그 사람, 본가가 이 근방이에요. 아까 거기, 우리가 자주 가던 소풍장소였지요. 그 사람, 특히 가을의 그 숲을 좋아했어요. 단풍이 참 예쁜 숲이거든요. 일요일이면 책 한 권 들고 홀로 산으로 가 몇 시간씩 책을 읽다 돌아온다는 곳이에요.

그럼 일 년 내내 일요일마다 여기에 왔냐구요? 아니에요. 지난 가을에는 차마, 차마 그럴 수 없어서 근처에는 가지도 않았어요. 그럴 수는 없잖아요. 혹여 그들 부부와 마주치면 그 사람, 얼마나 난처하겠어요. 그 사람, 절대 곤궁에 빠트리고 싶지 않아요. 그 사람도 내가 자기를 버리고 결혼할 때 단 한 차례도 저를 난처하게 만든 적 없었어요. 그 사람이 괴로운 것은 저도 싫어요.

그런데 올해는 결국 오게 되네요. 참을 수가 없었어요. 한 번만이라도 그 사람 얼굴, 보고 싶었어요. 그 사람, 절대로 곤란하지 않게 처신할 수 있어요. 그냥, 얼굴만 보고, 그 사람이 예전의 그 눈빛으로 한 번만 더 내 모습을 바라봐주면, 그러면 사는 일에 힘이 날 것 같아서….

사실 오늘이 세 번째예요. 9월 첫 주부터 빠지지 않았어요. 아침부터 해가 기우는 늦은 오후까지 그 근방을 어슬렁거려요. 책도

한 권 가져오구요, 도시락도 싸와요. 그러나 읽지도, 먹지도 못했어요. 당장이라도 그 사람이 탄 자동차가 곧장 나를 향해 달려올 것 같아 길에서 시선을 뗄 수가 없는 거예요.

아까 멀리서 차가 들어오는 것 보고, 숨이 멎는 줄 알았어요. 몸
도 얼어붙었지요. 제발 그 사람이길, 그 사람이라면 부디 혼자이
길, 아니, 둘이어도 좋으니까 그 중 한 사람은 그 사람이길 빌고 또
빌었어요. 둘이라면 묵묵히 짐을 챙겨 돌아가는 소풍객 행세를 하
리라는 다짐도 그 짧은 순간 열 번쯤 했구요.

그 사람이 아니어서 실망하지는 않았어요. 지금은 아니어서 참
다행이다 생각해요. 그 사람을 만나서 뭘 어쩌겠어요. 설마 기억이
야 하겠지만, 내가 이렇게 그리워하고 있는 줄은 꿈에도 모르겠지

만, 그런들 뭐가 달라지겠어요. 그 사람이 곤란해지는 것, 정말 싫어요. 김광석 노래처럼, 그렇듯 사랑했던 것만으로, 그렇듯 아파해야 했던 것만으로, 그 추억 속에서 침묵해야만 하는, 다시 돌아올 수 없는 그날들인데….

그날, 우리는 불광동에서 헤어졌다. 헤어지면서 그녀에게 말했다. 아직은 철이 이르고, 본격적으로 단풍이 드는 늦은 가을에 한 번 더 운전연습 삼아 가보겠다고. 만추의 어느 일요일 오후, 우리 그곳에서 다시 만날 수도 있다고.

그녀가 고개를 가로저었다. 불빛에 어른거리는 그녀 얼굴에 희미하게 미소가 번졌다. 아니요. 단풍이 곱게 들면 정말 안 가요. 너무 이른 가을에 거기 가는 것은 그 사람을 만나고 싶지 않기 때문이랍니다.

그리고 그녀는 인파 속으로 총총 사라졌다.
돌아오는 길에도 김광석의 노래는 흘러나오고 있었다. 앞뒤를 가로막는 어지러운 자동차 불빛, 아마도 나에게 그러는 것이 분명한 무례한 경음기 소리, 그 혼란 속에서 시도하는 생애 최초의 밤 운전 경험은 생각보다 견딜 만했다. 그보다 더 참기 힘든 것은 오히려 내 귓가에 부어지는 사무치는 목소리의 노래였다. 특히 이 구절.

잊어야 한다면 잊혀지면 좋겠어. 부질없는 아픔과 이별할 수 있도록….

내게도 그런…

한 차현

그런 사랑이, 내게도 있었단 말입니다. 돌이켜보면 이해할 수 없는 사랑. 이유 없이 빠져드는 사랑. 이제 와 다시 그럴 수 있을까 싶은, 그런 사랑이. 빌어먹을 열아홉 살 가을이었습니다. 커다란 눈에 여드름 많은 얼굴, 어떤 말을 해도 어떤 표정을 지어도 서툴게만 보이는 그 애는 2학기가 되어 어물쩍 찾아갔던 문예창작 동아리의 총무였습니다. 그 여자, 뭐하고 있을까요? 여자 나이 마흔 살. 지금 누구와 어디서 어떻게 살아가고 있을까요? 그때의 나를 혹시 기억하고 있을까요?

111

어쩌다 그 지경이 되고 말았을까요. 수업 끝나고 텅 빈 동아리방에서 두어 번 마주쳤고, 동아리 회식에서 툭하면 취하고 툭하면 토하고, 그러다가 그만 이리 되고 저리 되었던 것 같습니다. 돌멩이도 씹어 소화시킬 수 있는 나이였고 어떤 여자와도 금세 사랑할 수 있는 나이였으니.

사랑을 믿습니까? 영원한 사랑을 믿습니까? 나는 믿습니다. 시간 속에 영원한 사랑에 대해서라면 잘 모르겠지만, 기억 속에 처음 그때와 다름없이 빛나는 사랑이라면, 나는 감히 믿습니다. 기억들. 10대의 마지막과 20대의 처음을 나누어 가졌던, 이제 와 다시 그럴 수 있을까 싶은 연애의 시간들. 핸드폰도 삐삐도 인터넷도 신용카드도 없던 시절이었습니다. 인사동과 피맛골을, 광화문과 신촌과 강남역을, 응암동과 수색을, 우리는 겁도 없이 설치고 다녔습니다. 가장 좋은 것은, 무엇보다, 이것이 실제 상황이라는 점이었습니다. 중고등학교 시절 지긋지긋한 짝사랑과는 뭐가 달라도 많이 다른, 진짜 사랑 말입니다. 살아 있는 사랑. 만질 수 있는 사랑. 반응하는 사랑. 냄새 맡을 수 있는 사랑. 전화 통화할 수 있는 사랑. 먹고 마시고 웃고 화내는 사랑. 뽀뽀할 수 있는 사랑. 그리고 안 좋은 점이라면, 이걸 안 좋은 점이라고 할 수 있을지 송구스럽지만, 하고 싶다는 그것이었습니다. 진짜 사랑이니 진짜 하고 싶다는

112
열결

것. 그래서 몹시 괴롭다는 것. 아아, 도대체가 삶이란.

넌 날 사랑하지 않니?

나의 경우이자 내 주변 친구들이 늘 그러했듯, 중학교 고등학교 다니는 세상의 남학생들은 하루의 거의 대부분을 비슷한 꿈만 꾸며 살아갑니다. 여자 생각, 하는 생각, 여자와 하는 생각. 좌변기에 앉거나 아침 식탁 앞에 앉거나 시키면 칠판을 쳐다보거나 구름 낀 하늘을 바라보거나, 깨어 있을 때나 잠을 잘 때나 말이지요. 또한 내 경우 그 시절은 안타깝게도 서럽도록 지루한 짝사랑의 시절이기도 했습니다. 만질 수 없는 사랑, 반응하지 않는 사랑, 먹지도 마시지도 웃지도 화내지도 않는 사랑. 정신과 육체가 관련된 어떠한 관계건 다만 상상 속에서만 가능했던.

내 안에 이글거리는 동물성이 대학이라는 버스를 갈아탄다고 누그러질 리 만무했습니다. 그리고 어느 낯선 버스정류장에서 느닷없이 그녀를 만났습니다. 두 번 세 번의 만남이 더 이상 쑥스럽지 않고, 쉰 막걸리 냄새 나는 민속주점 어둔 구석자리에서 살짝 뺨 때리듯 입을 맞추고, 주말에 다른 약속을 잡는 것은 있을 수 없는 일로만 여겨지고. 그즈음부터, 어쩌면 그보다 훨씬 전부터 문제는 시작되었습니다. 문제인즉, 그렇습니다, 하고 싶었습니다. 그녀와 하고 싶었습니다.

처음엔 조금 당황스러웠습니다. 누가 내 속을 들여다볼까 걱정스러웠습니다. 열아홉 살. 그간 밥 먹고 물 마신 횟수보다 많았던 게 섹스에 대한 공상이었지만 구체적으로 누구와 하고 싶다는 느낌은 처음이었습니다. 헷갈렸습니다. 나는 사랑하는가? 과연 그녀를 사랑하는가? 아니면 하고 싶은가? 다만 하고 싶은 것인가? 사랑해서 하고 싶은가? 하고 싶어서 사랑하는가? 백해무익, 답이 없는 혼란이었습니다. 세상의 진짜 사랑이란 이렇던가. 이런 고충이 있었던가.

1백일 기념일을 넘기고, 이제는 손잡고 거리를 걸어도 자연스럽게 손가락 깍지를 끼고, 민속주점 구석자리에서 입술 악수하는 시간이 0.5초에서 1초로 2초에서 5초로 길어지고, 내 뜨끈한 간절함은 딱딱하게 커져만 갔습니다. 이제 만나면 염치불구, 그 생각밖에 안 났습니다. 저 서럽고 지루한 짝사랑의 시절, 온종일 머릿속에 든 거라곤 여자 생각, 하는 생각, 여자와 하는 생각밖에 없던 때처럼 말입니다. 견물생심 네 자를 이런 경우에 써도 괜찮을지 정말 모르겠습니다. 함께 있다보면 자꾸 이상한 곳(?)에 눈이 갔습니다. 자꾸 만지고 싶었습니다. 자꾸 뽀뽀하고 싶었습니다. 그리하여 나도 모르게 손이 가고 입이 가고 몸이 갔습니다. 특히 둘만의 술집에서 그러했는데, 과하게 뽀뽀하고 허리를 안고 때로 티셔츠 속에 손을 넣다가 뺨을 맞기 일쑤였습니다.

　괴로웠습니다. 타는 목마름으로 괴로웠습니다. 정신뿐 아니었습니다. 육체도 괴로웠습니다. 아팠습니다. 엄살떠는 거 아닙니다. 온종일 바지 안이 거북하게 팽창해 있다보면, 그걸 엉거주춤 감추고 온종일 영화를 보고 서점에 가고 공원을 걷고 하는 것도 사뭇 불편한 데다 남들이 알아볼까 고역이지만, 내내 그 상태로 저녁나절이 되면, 배가 아팠습니다. 장염 걸린 것처럼 불알을 잘못 걷어차인 것처럼 정말로 아랫배가 살살 땅기고 아팠습니다. 사랑하는 사람은 못 만나 괴롭고 미워하는 사람은 만나 괴로우니 둘 다 집어치우라고 설파한 이 누굽니까? 사랑하는 사람을 만나 아랫배 아파지는 고통을, 그 양반도 꿰뚫어 알고 있었을 겁니다.

　종일 흐리고 눈 비오던 어느 겨울날. 마침내 나는 고백했습니다. 솔직히 털어놓았습니다. 밤하늘에 달이 하필 한 개밖에 없는 것처럼 이제는 일상이 되고 만 내 간절함을.

"그랬어?"

　그녀는, 약간의 머뭇거림 끝에 대꾸했습니다.

"그런 거 같더라."

"…저어, 너는?"

"나? 나는 별로."

"어, 그래?"

"응. 나는 싫어."

단호했습니다. '응, 좋아. 나도 기다렸어.' 그런 반응을 기대했던 것까지는 아니지만, 참으로 실망스러웠습니다. 하지만 낙담하고 있을 수만은 없었습니다. 그래서 졸라댔습니다. 그리고는 거절당했습니다. 다시 애걸복걸했습니다. 역시 냉랭하게 거절당했습니다. 처음엔 다소곳이 거절하던 그녀가, 결국엔 한심하다는 듯 짜증을 부렸습니다. 처음에는 수줍게 칭얼거리던 내가, 받을 돈 못 받은 주인집 여편네처럼 성화를 부렸습니다. 옥신각신 싸울 일이 그렇게 하나 더 생겼습니다. 이런 식이었습니다.

"나랑 왜 하려고 그러는데?"

"하고 싶으니까."

"왜 하고 싶은데."

"널 사랑하니까. 네가 좋으니까. 넌 날 사랑하지 않니?"

"글쎄. 하고 싶어야 사랑하는 거라면, 난 아닌가봐."

"자비심도 없니? 나 좀 봐라. 내 꼴 좀."

"몰라. 딴 데 가서 돈 내고 해."

"돈 없어."

"돈 없어서 나랑 하려는 거야?"

"바보. 널 사랑한다니까."

"사랑하는 거랑 그거랑 무슨 상관이야."

"어이가 없네. 그럼 내가 물어보자. 그게 왜 싫은데?"

"싫으니까 싫지."

"아플까봐? 임신할까봐? 부끄러워서? 정조관념 때문에? 도대체
왜?"

"아, 짜증나. 너 이러니까 정말 짜증나."

대천. 생선매운탕. 촛불

해가 바뀌어 2학년. 4월 봄날. 드디어 기회가 찾아왔습니다. 식목
일 다음 주였던 걸로 기억합니다. 1박2일로 여행을 가자고 졸랐는
데, 어쩐 일인지 거기 응했던 겁니다. 그렇지 않아도 여행 가자는
청을 수차례 거절당했던 터였습니다. 아아, 인생은 아름다워. 집에
는 동아리 MT 간다고 속이고 동아리 사람들에게는 큰집 간다고
속이고 서울역에서 단둘이 만났습니다. 부슬부슬 비 오는 날이었
습니다. 장항선을 타고 대천으로 향했습니다. 비 젖은 철길 풍경.

고깃배 탄 것도 아닌데 울렁울렁 멀미가 날 것 같았습니다. 드디어 오늘이구나. 오랜 번뇌가 드디어 끝나는구나.

대천 해수욕장. 그리고 갓 넘긴 스무 살 나이들. 비는 그쳤고 흐린 하늘과 바다가 맞닿은 경계는 흐릿했습니다. 해수욕장 손님이 많은 계절이 아니었습니다. 텅 빈 백사장을 천천히 걸었습니다. 바닷바람 쌀쌀해도 그냥 좋았습니다. 어느덧 저물녘이었습니다. 흐린 날이라 낙조는 보이지 않았습니다. 근처 식당에서 잡어매운탕에 소주를 마셨습니다. 그리고 할 일이 없어, 캔맥주를 사들고 다시 바닷가로 나왔습니다. 밤바다가 쏴아아 슬피 울었습니다. 젖은 모래에 앉아 쌉쌀한 캔맥주를 마시고 폭죽을 두 개씩 터뜨리고 키스를 나누었습니다.

밤 열한 시쯤 여관을 잡아 들어갔습니다. 난생 처음이었습니다. 창가의 작은 다탁을 두고 나란히 앉았습니다. 바다 쪽 3층이었지만 밤바다는 보이지 않았습니다. 불을 끄고, 가져간 촛불을 켰습니다. 토할 것처럼 속이 울렁거렸습니다. 캔맥주를 다시 따고 과자 봉지를 뜯었습니다. 휴대용 카세트라디오를 틀었습니다. 그녀가 좋아하는 노래, 정태춘의 '촛불'이 흘러나왔습니다. 양초처럼 딱딱해진 내 몸의 일부도 촛불이 되어 활활 타올랐습니다. 뜨거운 촛농을 뚝뚝 흘리며 말입니다.

결론부터 소개하자면, 그날도 여지없이 실패하고 말았습니다. 결국은 그 질긴 청바지를 벗겨내지 못한 채 엎치락뒤치락 옥신각신, 긴 봄밤을 하얗게 지새웠단 말입니다.

처음부터 그럴 생각은 아니었던 것 같았습니다. 뭔가 예전과 다른 마음을 먹긴 먹었는데, 분위기가 그러저러 되고 나니, 외려 몸이 움츠러들었던 모양이지요. 조금만 있다가 하자, 화장실 좀 다녀오겠다, 실은 생리 중이다, 갖은 핑계를 대며 나를 밀쳐내었고, 참다못한 내가 화를 낸 것 같습니다. 대천의 밤이 그렇게 깊어갔고 술김에 씩씩거리다 그만 까무룩 잠이 들었겠지요.

다음 날 눈 뜨니 그녀는 없었습니다. 아침 바다에 나갔나? 텔레비전 위에 볼펜 끼워진 종이 한 장이 놓여 있었습니다. 내려온 김에 시골 어디 들렀다 가겠다, 당분간 연락하지 말자, 대강 그런 내용이었습니다. 여관방의 다음 날 아침 사람 대신 남겨진 편지란 게, 대개는 그러하겠지요?

혼자 서울로 돌아오는 길은 절망이었습니다. 비구름 걷혀 화창한 봄날. 세상은 어제와 많이 달랐습니다. 지구가 멸망한 것 같았습니다. 핸드폰도 삐삐도 없던 시절이었습니다. 대천역에서 표를 끊고 남은 돈으로 소주와 초콜릿 한 봉지를 샀습니다. 덜컥거리는 통일호 난간에 앉아 병술을 찔끔거리며 노래를 웅얼거렸습니다.

한 차현

살아 있는 사랑.

만질 수 있는 사랑. 반응하는 사랑.

냄새 맡을 수 있는 사랑.

전화 통화할 수 있는 사랑.

먹고 마시고 웃고 화내는 사랑.

뽀뽀할 수 있는 사랑.

그리고 안 좋은 점이라면,

이걸 안 좋은 점이라고 할 수 있을지 송구스럽지만,

하고 싶다는 그것이었습니다.

진짜 사랑이니 진짜 하고 싶다는 것.

그래서 몹시 괴롭다는 것.

아아, 도대체가 삶이란.

노래 가사가 왜 노상 사랑타령, 이별타령인지 알 것 같았습니다. 가슴에서 먼지바람이 불었습니다. 눈물도 나지 않았습니다. 다시는 그녀를 못 볼 것 같았습니다. 화가 났을까. 단단히 삐졌을까. 세상이 한심해서 짜증난 것일까. 빌어먹을. 괜히 여행은 가자고 해서. 달리는 기차 밖으로 풀쩍 날아오르고 싶었습니다.

내게 필요했던 무엇

일주일 뒤 동아리 사무실에서 다시 그녀를 만났습니다. 머리를 짧게 잘랐더군요. 고개를, 든 것도 별로 없는데, 쳐들 수가 없었습니다. 준비했던 말이 그렇게 많았건만 정작 만나니 단 한마디도 떠오르지 않았습니다. 영문 모르는 동아리 사람들이 '너희 또 싸웠냐?' 했습니다. 다행히 오래도록 감정싸움을 벌이고 싶은 마음은 없는 것 같았습니다. 대천에서 시작된 짧은 헤어짐의 시간은 그렇게 흐지부지 끝이 났습니다.

그런데 이후로, 뭐랄까, 조금 달라졌습니다. 예전에 비해 변한 것은 없었지만, 그럼에도, 모든 것이 어쩐지 예전과 같지 않았습니다. 주말이면 변함없이 시간 장소를 정해 만났고, 변함없이 영화를 보고 재래시장을 기웃거리고 공원을 걷고 술집을 전전했습니다.

여전히 웃고 장난치고 깍지 껴 손을 잡고 입가에 침이 괴도록 뽀뽀했습니다. 그럼에도 뭔가 달랐습니다. 조금 서먹했습니다. 대천에서의 후유증이 뒤늦게 드러나는 것일까. 그간 우리 안에 숨어 있던 거리감이, 그 사건으로부터 비가역반응을 시작한 것 아닐까.

술 취한 학사주점 구석자리에서 깊숙이 안고 있어도, 이제 하고 싶어 미칠 것 같지는 않았습니다. 불편해진 바지 앞섶을 들킬까봐 걱정스럽지도, 헤어져 돌아오는 밤 시간이면 아랫배가 땅기고 아파 우울하지도 않았습니다. 참 이상하구나. 속이 상했습니다. 하지만 견딜 수 없을 정도는 아니었습니다. 그저 가슴이 조금 아팠습니다. 마치 친구의 이야기를 전해 듣는 때처럼. 그녀가 변한 건지 모를 일이었습니다. 내가 변한 건지 모를 일이었습니다. 사랑이란 이러한가. 한때 특별했던 것이 어느 순간부터 전혀 그렇지 않은 것들로 변해가는, 사랑이란 과연 그러한가.

사랑을 믿습니까?

영원한 사랑을 믿습니까?

2학년 절반이 접혀지고 있었습니다. 욕 나오는 대학생활, 한심스러운 스무 살이었습니다. 학과 공부는 취미에 맞지 않았고 학점은 2점대에 머물러 있었습니다. 해체 민자당 타도 노태우. 학생운

동에 몸과 마음을 바칠 사명감도 없었습니다. 누구처럼 당구에 열중해 한 학기 등록금을 갖다 바치는 취미도 없었습니다. 세상은 암울했고 연애는 시들했습니다. 소설 쓰기는, 이게 잘 되는 건지 아닌 건지 알 수 없었고 그걸 일러줄 만한 이들은 동아리 사람들 가운데에도 없었습니다. 낮이면 도서관에 숨어들어 전교생 아무도 보지 않는 책을 찾아 읽었고 어두워질 즈음이면 술 마실 건수를 찾아 교정을 두리번거렸습니다. 사는 게 재미없었습니다. 짜증만 났습니다. 내게 뭔가, 절실히 필요한 시점이었습니다.

기말고사 기간. 친구네 하숙방에서 하루 외박하고, 그러고도 늦게까지 술을 마시고 돌아온 밤. 집 안에 환하게 불이 켜져 있었습니다. 거실 소파에 부모님이 앉아 계셨습니다. TV도 켜지지 않은 집안은 사람 죽어나간 절간처럼 고요했습니다. 에구머니, 걸렸구나. 저번 달에 그랬던 것처럼 내쫓기거나, 얻어터지거나, 얻어터진 다음 내쫓기겠구나. 현관에 우물쭈물 서 있는 내게 어머니가 말씀했습니다.

"방에 들어가봐. 책상에 올려놨다."

2백자 원고지며 『현대문예창작론』이며 『양문길 소설집』 따위가 흐트러진 책상 위, 하얀 종이 한 장이 허허 웃고 있었습니다. 입영통지서. 불과 3주 뒤였습니다. 나에게 절실히 필요했던 무엇. 그것은, 그래, 변화였을까.

좋겠네, 넌, 그냥 가면 되니까

"그렇게 빨리?"

"보통은 두 달 이상 기다려야 하는데, 운이 좋았나봐."

"군대라니. 너랑 정말 안 어울려."

"내가 뭔들 어울리겠어."

"…미리 상의도 안 하냐."

"미안하게 됐다."

　너랑 상의할 필요가 있나? 심술궂게 한마디 뱉으려다가 참았습니다. 그녀는 시무룩했습니다. 서운했을까요? 혼란스러웠을까요? 혼란에 대해서라면, 그래요, 바로 내가 그러했습니다. 어차피 한번은 다녀올 데지만 웃으며 떠나갈 마음 준비가 되어 있었던 것은 아니었습니다. 솔직히, 조금 두려웠습니다. 변화가 두려웠습니다. 여기서도 숨 쉬고 살기가 이렇게 귀찮은데 군대 가서는 또 얼마나 더 귀찮을까.

　기다려 달라는 말은 끝내 못했습니다. 할 수 없었습니다. 하기 싫었습니다. 모르겠습니다, 한참 사이좋았던(!) 1학년 겨울 무렵이었다면 길바닥에 무릎을 꿇고 울며 빌었을지도. 하지만, 어쩌면, 사랑이란 이러한 것. 한때 특별했던 것이, 어느 순간부터 전혀 그렇지 않은 것으로 변해가는 과정. 9월에 입대하면, 길고 긴 30개월을 꼬박 채워, 햇수로 3년 뒤인 1993년 2월에야 제대였습니다. 피차 무슨 권리로 변치 않는 사랑을 주문하고 다짐할 수 있겠습니까. 고작 1년 뒤의 사랑도 알지 못했던 주제에, 3년이라니, 빌어먹을. 10대의 마지막과 20대의 처음을 넘어서며, 어쩌면 나도 그녀도 그만큼은 어른이 되어 있었던 것입니다.

남은 3주는 턱없이 짧았습니다. 무슨 준비를 어떻게 해야 하나, 고민하다보니 3주가 아니라 2주 뒤였습니다. 못 만났던 친구들 만나주고, 할아버지 할머니께 하루 인사드리고 저녁 먹고, 이런저런 송별회 쫓아다니고, 그러다보니 다음 주가 입대였습니다. 그리고 나는 깨달았습니다. 준비할 건 건강한 몸 하나뿐, 그밖에는 없다는 것을. 그걸 깨닫고 조바심을 버리는 것이 가장 큰 준비임을.

입대 나흘 전, 그녀를 다시 만났습니다.

화장을 진하게 했더군요. 전엔 본 적 없는 모습이었습니다. 그래. 이제 너도, 아니, 너는 3학년이 될 테니까. 그래서였을까. 짙은 화장 뒤에 어떤 감정이 숨어 있는지 알아볼 수가 없었습니다.

"준비 잘 되니."

"준비할 것도 없어. 그냥 가면 된대. 머리 깎을 필요도 없고 수류 탄 안 사도 되고, 훈련소 들어가면 알아서 다 해준대."

"좋겠네 넌. 그냥 가면 되니까."

"어학연수 간다는 거 어떻게 됐어?"

"아직 모르겠어. 좀 더 알아보려고."

"쉬운 일이 없구나. 술이나 마시러 가자."

"저기, 있잖아."

"말해."

그 애가 어떤 말을 하건, 다 들어줄 수 있었습니다. 내 생각 말고 군대생활 잘 하라는 말도, 이제 편한 친구로 지내고 싶다는 말도, 어학연수 아니라 스페인 유학을 떠날 것 같다는 말도. 한 사람은 고속버스 타고 충남 공주의 훈련소로 한 사람은 비행기 타고 스페 인 마드리드로. 사랑을 이야기하기에 더 이상 적절한 시점이 아님 을 나는 잘 알고 있었습니다.

"다른 게 아니라, 내일 바쁘니?"

"내일? 내일 왜?"

동동주 잔을 빙글빙글 돌리던 그녀가 동동주 잔에 대고 웅얼거 렸습니다. 숨은 잘못을 고백하는 사람처럼.

"…대천, 같이 갈까 하고."

5개월 만에 다시 찾은 대천 해수욕장. 휴가철 끝난 해수욕장은 4월에 그러했듯 인적이 드물었습니다. 가을철 바닷바람도 봄날 그러했듯 쌀쌀했습니다.

서로 말은 안 하기로 작정한 것처럼, 우리는 최대한 말을 아낀 채 젖은 모래사장을 걸었습니다. 그렇게 저녁을 맞았습니다. 지난번 그 식당은 문을 닫았고, 해수욕장에서 조금 떨어진 삼겹살집에서 김치찌개에 소주를 마셨습니다. 맛이 너무 없어 술이 안 들어갈 정도였습니다. 적당히 취해 저녁 바다로 돌아왔습니다. 다시 모래밭을 걸었습니다. 손을 잡지도 폭죽을 터뜨리지도 않았습니다. 캔맥주를 마시지도 키스를 나누지도 않았습니다. 지치지도 않고 훌쩍거리는 파도소리. 밤 깊어지며 바닷바람이 거세졌습니다. 너무 추워, 텅 빈 해수욕장을 더 이상 서성거릴 수 없었습니다.

괜찮아, 이제 괜찮아.

다시 한 번 결론부터 소개하자면, 대천에서의 그 밤은 5개월 전과 같지 않았습니다.

첫 섹스는 상상하던 것과 많이 달랐습니다. 첫 섹스에 대해 과연 무엇을 상상했던 것인지 기억이 나지 않을 정도였습니다. 황홀하지도 아름답지도 않았습니다. 정태춘의 노래도 소리 없이 눈물 흘리는 촛불도 없어서였을까. 이불에서는 안 좋은 냄새가 났고 방바닥은 너무 뜨거웠으며 옆방에서는 술 취해 싸우는 소리가 밤새 이어졌습니다.

"괜찮아?"

그녀는 무척 고통스러워했습니다. 실은 나도 좀 아팠구요. 도저히 안 되겠어서 중간에 멈추고, 불편한 순간이 지나가기를 기다려, 슬그머니 물어보았던 것입니다. 그녀는 웃지도 않고 말했습니다. 누군가의 죽음을 알리는 아나운서처럼 의젓하고 진지한 목소리로.

"응, 괜찮아. 이제 괜찮아."

그래요. 그녀는 내 첫사랑이었습니다. 살아 있는 사랑. 반응하는 사랑. 만질 수 있는 사랑. 냄새 맡을 수 있는 사랑. 진짜 사랑. 하지만 그녀가 왜 갑자기 대천을 생각했던 것인지, 끝내 물어보지 못했습니다. 우리는 고작 스무 살이었고, 하지만 5개월 전보다는 그만큼 어른이 되어 있었습니다. 괜찮아. 이제 괜찮아. 다 괜찮아. 세월은 가고 사람도 가고. 하지만 사랑은 남는 것. 흘러간 시간 속에 생생히 남아 숨 쉬는 것. 하여 내 젊은 기억 속에 아직도 함께 하고 있는 그녀. 뭐하고 있을까요? 여자 나이 마흔 살. 지금 누구와 어디서 어떻게 살아가고 있을까요? 그때의 나를 혹시 기억하고 있을까요?

이후로 그녀를 다시 만날 수 없었습니다. 훈련소에도 따라오지 않았고 첫 번째 휴가 때도 만나지 못했습니다. 어학연수를 갔는지 유학 아니라 이민을 갔는지, 자세한 소식조차 들을 수 없었습니다. 군대 생활은 역시나 길고 지루했습니다. 그리고 그것은 나를 둘러싼 거의 모든 것을 바꾸어 놓기에 충분했습니다. 제대하고. 복학하고. 졸업하고. 취직하고. 결혼하고. 3년이 지나고 5년이 지나고 30대 초반이 되고. 그러던 어느 날 아침이었습니다. 몸속 깊이 숨어 있던 종양의 기운을 문득 느끼듯, 나는 새삼스레 깨달았습니다. 대천의 가을밤이 그 시절 그녀와의 마지막이었음을.

사랑을, 영원한 사랑을 믿습니까?

내게도 그런 사랑이

이즈음 경기도 광주에서 나와 딸아이와 티격태격 살아가는 여자는 예전의 그녀가 아닙니다. 20년 전의 대천에 대해 그녀에게 묻는다면, 아마도 각자 기억하는 부분들이 서로 너무나 다르다는 점만을 씁쓸히 확인하고 말겠지요. 그러나 내게도 한때 있었단 말입니다. 돌이켜보면 이해할 수 없는, 이유 없이 빠져드는, 이제 와 다시 그럴 수 있을까 싶은, 그런 사랑이.

당신은, 바람

은미희

아주 오래전에, 나는 남도의 한 작고 아담한 초등학교에 다녔습니다. 이층의 낮은 건물. 장식이라고는 찾아볼 수 없는 밋밋한 사각의 회벽 학교였습니다. 마치 레고 조각들을 이층으로 길게 이어붙인 그런 모형이었지요. 하지만 햇빛만큼은 오지게 푸진 그런 학교였습니다. 그곳에서 아이들은 오종종 모여 꼼지락거리며 무쇠 솥 속에 든 튀밥들처럼 생각과 몸집을 부풀려 나갔지요. 그 아이들 가운데 유난히 눈에 띄는 한 아이가 있었습니다. 세모꼴의 얼굴에 눈은 부드럽게 쌍꺼풀이 져 있고, 입가에는 늘 보일 듯 말 듯한 미소가 스며 있는 아이였지요. 키도 크고 너볏한 게 마치 어른 같은 아이였습니다. 그 아이는 친구들에게 꽤나 인기가 많았지요. 게다가 전교 학생회장까지 맡아 일을 하는 듬직한 친구였습니다. 바로 당신이었죠.

당신은 나보다 한 학년 위였습니다. 그 또래의 아이들이 사랑이 뭔지 알까 싶겠지만 내 주변의 많은 여학생들은 당신만 보면 한숨을 내쉬거나 두근거리는 가슴을 진정하지 못한 채 상기된 얼굴로 친한 친구들에게 그 남학생을 좋아한다, 사랑한다, 고백했습니다. 나 역시도 당신을 보면 심장이 멈추는 듯했지만 영악스럽게 내 안의 뜨거움을 아무에게도 발설하지 않았지요. 당신의 눈에서 웃음이 떠날 줄 모르는 것이, 당신 역시 여학생들이 당신을 좋아한다는 사실을 알고 있는 눈치였습니다.

그런 당신을 보고 있노라면 주변의 모든 풍경과 소음들은 사라져버리고 세상에는 오직 당신만이 존재하고 있는 듯했죠. 아, 새삼 그때가 떠오르면서 명치께가 먹먹해지는군요. 이마에 떨어지던 머리카락은 왜 또 그렇게 빛나던지. 햇빛은 학교 운동장을 가로질러 가는 당신에게로만 모아졌죠. 마치 스포트라이트처럼, 당신은 그 햇빛을 받고 천천히 미끄러지듯 운동장을 가로질러 가곤 했습니다.

당신은 그때 내 존재를 모르고 있었습니다. 아니, 알 만도 할 텐데, 당신은 한 번도 나에게 나만이 가질 수 있는 독점적인 미소를 보내지 않았지요. 당신의 미소는 늘 많은 사람들을 향해 열려 있었고, 그 미소에 여자 아이들은 꿈속까지 편하지 않았습니다. 아니, 그건 모릅니다. 입 밖에 내지는 않았지만 혹여 여자아이들 몇몇은 꿈속에서 당신과 행복한 시간을 보냈을 수도 있었을 텐데 다른 아이들이 시샘을 하고 놀려댈까봐 굳이 숨겼는지도 모를 일입니다.

어쨌건 당신은 나를 모르고 있었던 게 확실합니다. 월요일마다 전체 학생들을 운동장에 모아놓고 이루어지던 조회 시간에 나는 곧잘 구령대로 올라가 교장선생님으로부터 상장을 받았었죠. 욕심이 많았던 걸까요? 전 합창부에다 밴드부, 미술부, 방송부, 탁구부 활동을 했었고, 꽤 그림을 잘 그렸었지요. 어디 그뿐이겠습니까? 간간이 작문대회에 나가 상을 받아왔고 여타 이런저런 대회에서 상을 탔었죠. 그러니 월요일만 되면 으레 내 이름이 불리어졌고, 나는 단상으로 뛰어올라가 의기양양 상장을 받았죠. 하지만 당신은 끝내 나를 모른 체했습니다.

그렇게 시간은 갔지요. 우연을 가장해 당신과 교차해가기 위해 운동장을 서성거리던 때도 있었습니다. 그 학교 화단에는 독서하는 소녀상이 있었죠. 비가 온 뒤끝이면 소녀상은 말갛게 씻겨서는 하얗게 빛났지요. 르느와르의 소녀를 닮은 조각상 앞에서 전 당신을 기다리기도 했습니다. 아직 여물지 않은 십대 초반 여자아이의 되바라진 연애감정이었을까요? 당신을 향한 그리움은 십대의 미숙함으로도, 혈기방장한 치기로도 지울 수 없었습니다.

아, 참. 당신은 기억하는지요? 오후 6시, 하교를 종용하는 방송을 제가 했었지요. 동산초등학교 친구들에게 알립니다. 지금 시각이 여섯시, 집으로 돌아갈 시간입니다…. 지금 생각해보니 참 재미없는 문구네요. 어느 날 방송을 마치고 돌아오는데 당신과 운동장 한가운데서 마주쳤지요. 그때 얼마나 놀랐던지… 맞은편에서 걸어오는 당신을 보자마자 나는 그만 그 자리에 주저앉을 것처럼 심장이 뛰었습니다. 늘 아이들로 시끌벅적하던 운동장에 오로지 당신과 나뿐이었지요. 하지만 당신은 여느 때처럼 미소를 품은 채 말없이 제 옆을 미끄러져 갔었지요. 한번쯤 말을 걸어줄 법도 했는데 당신은 그러지 않았어요. 얼마나 서운하고 야속하던지.

그러다 당신은 졸업과 함께 상급학교에 진학하였습니다. 당신이 없는 학교는 텅 비어 있는 듯했고, 저는 학교생활에 아무런 재미도 느낄 수 없었습니다. 그저 그렇게, 심드렁하게 일 년이 지나갔습니다. 그리고 저도 상급학교에 진학하였지요.

중학교 2학년이 되었을 때였습니다. 가슴이 제법 봉긋하게 솟아오르고, 얼굴에는 여드름이 꽃처럼 피기 시작하던 때였지요. 때

깔을 벗는다고 하죠. 소녀에서 여자로 탈피하던 시절이었습니다. 어느 날 친한 친구가 저에게 교회에 나가자고 하더군요. 나를 볼 때마다 졸라댔는데 저는 매번 도리질을 했습니다. 우리 집은 일찌 감치 가족 모두가 교회에 나갔는데, 전 그게 싫었습니다. 아버지에 대한 반발이었는지도 모릅니다. 하지만 그 친구의 끈질긴 설득에 못 이겨 불편한 마음으로 지칫지칫 따라가게 되었죠.

헌데, 거기서, 당신을, 보았습니다. 세상에. 내가 안으로 내뱉은 첫마디였습니다. 그 순간 무서웠습니다. 맹목적으로 당신에게 쏠리는 감정이 무서웠고, 내가 상처받을까봐 두려웠습니다. 초등학교 시절, 그 철없던 감정과는 또 다른 파문이었고 물살이었지요. 전 그 감정으로부터 도망쳐서는 꽁꽁 숨고 싶었습니다. 왠지 내가 크게 아플 것 같아, 내가 바보가 될까봐 나는 나를 숨기고, 내 마음을 숨기고, 그리고 도망치기로 했습니다.

하지만 당신은 예의 그 미소 띤 얼굴로 다가와 내게 손을 내밀었습니다. 초등학교 시절 그 텅 빈 운동장에서 내 옆을 그림자처럼 미끄러져 가던 당신이 내가 교회에 나가지 않으면 직접 전화까지 해서 내 안부를 물으며 꼭 나오라고 했지요. 전화선을 통해 흘러나오던 당신의 음성이 얼마나 달콤하던지. 나는 비 맞은 새처럼 떨며 침도 제대로 삼키지 못했습니다. 그러다 어느 순간에는 사레까지 들기도 했었죠. 그 떨림의 순간이 지금도 고스란히 느껴지는군요. 하지만 그때까지도 당신은 나를 그저 한 명의 교우로밖에 대하지 않았습니다. 헌데 정말 그랬을까요? 그 당시 당신에게 나는 정말 아무 존재도 아니었을까요?

어느 날, 교회로 나를 인도한 친구가 그러더군요. 당신과 사귀고 있다고. 사귄지 오래됐다고. 자랑스럽게 이야기하는 그 친구의 말이 잉—, 긴 공명음을 끌며 내 귓가에서 맴돌았습니다. 순간 세상의 빛이 사라지는 듯했습니다. 그리고 이내 전화가 한 통 걸려왔고 그 친구는 환한 표정으로 통화를 했지요. 발신자는 당신이었습니다. 그때부터 나는 마음 둘 곳을 잃어버렸고, 혹독하게 나를 몰아세우며 나를 때렸습니다. 당신을 좋아하면 안 된다고. 당신을 마음에 들여놓아서는 안 된다고, 정신 차리라고, 보이지 않는 채찍을 휘둘러댔습니다. 자학이나 자해에 가까웠죠.

헌데 사람을 좋아하고 싫어하는 게 어디 마음대로 되는 일이던가요? 그렇게 마음을 다잡았지만 어쩔 수 없었습니다. 간간이 당신의 시선이 나한테 머물다 가는 것을 느꼈지만 모른 체했습니다. 당신 역시 당신에게로 향하는 내 갈망의 시선을 애써 모른 체 했었습니다.

하지만 그렇게 또 세월은 흘렀습니다. 난 교회생활도 열심히 하지 못했고, 또 당신에 대한 감정도 완벽히 정리하지 못한 채 그렇게 주변만 맴돌며 어정쩡 세월만 보냈습니다.

당신을 내 마음속에 들인 순간부터 나는 굳건히 땅에 발을 딛지 못했죠. 늘 마음과 몸의 중심을 잡지 못하고 그렇게 둥둥 떠돌고만 있었습니다. 멀미도 지독했죠. 그만 내려오고 싶은데, 그만 멈추고 싶은데 내 깜냥으로는 어떻게 제어할 수 없었습니다.

그 와중에 당신은 또다시 상급학교로 진학했고 전 교회도 그만두었습니다. 헌데 당신과의 인연은 그게 끝이 아니었습니다. 고등학교에 가서 당신을 또 만나게 되었던 거지요. 당신이 다니는 학교와 내가 다니는 여고는 한 재단이었고, 같은 울타리 안에 있었지요. 등하교 때마다 당신을 볼 수 있었습니다. 그때는 학교 교과목에 교련이라는 게 있었는데, 운동장에서 분열사열 연습할 때, 우리는 그 많은 학생들 가운데서도 서로를 구별해낼 수 있었습니다.

어느 날이었습니다. 학교가 파하고 집으로 가기 위해 정류장에서 버스를 기다리고 있는데 누군가 내 앞을 딱 가로막고 섰죠. 당신이었습니다. 당신은 하굣길에 학교 앞 버스 정류장에서 날 기다렸지요. 세상의 모든 것들이 뒤로 물러나고 무대 위에 오로지 당신과 나만이 존재하는 듯했습니다. 그렇게 우리는 3번 버스를 타고 종점으로 갔지요. 태양이 작열했지만 살갗이 오그라들 정도의 뜨

사랑은, 사랑의 감정은, 사랑의 쏠림은

아무리 결기를 다지고 독심을 품는다 해도,

결국은 의지대로 되지 않는다는 사실을 그때 알았습니다.

그냥 자연스럽게 흘러가는 대로 놓아두는 게

사랑이라는 사실을 깨달았습니다.

은미요

거움 따위는 상관없었습니다. 가슴이 어찌나 뛰던지. 내 귀에는 심장 울리는 소리밖에 들리지 않았습니다. 그러니 그때 우리가 나누었던 대화가 무엇이었는지 어찌 기억할 수 있겠습니까.

하지만 나는 도망쳤습니다. 친구의 남자친구를 연인으로 삼을 수는 없었으니까요. 하지만 도망가면 갈수록 얄궂게도 내 마음은 당신에게 향했습니다. 결국 나는 당신의 연인이 되었지요. 사랑은, 사랑의 감정은, 사랑의 쏠림은 아무리 결기를 다지고 독심을 품는다 해도, 결국은 의지대로 되지 않는다는 사실을 그때 알았습니다. 그냥 자연스럽게 흘러가는 대로 놓아두는 게 사랑이라는 사실을 깨달았습니다. 어쨌거나 당신의 사랑을 얻은 나는 세상을 다 얻은 기분이었습니다. 세상에 무서운 게 없었지요. 먹지 않아도 배가 불렀고, 설렘으로 잠을 설쳐도 힘이 넘쳐났죠. 친구는 다른 도시로 대학진학을 하면서 자연스럽게 멀어지게 되었죠.

당신 기억나나요? 당신이 처음 나에게 사랑을 고백했던 그날을, 그 밤을요. 그때 당신은 나를 데리고 한 카페로 들어갔습니다. 그러고는 무언가가 불안한 듯 거푸 술을 마셔댔습니다. 마시지도 못하는 술을 말입니다. 그리고 당신은 취했지요. 늘 단정하기만 하던 눈이 풀리고, 공손하던 어투는 하대로 바뀌었습니다. 그리고 발음 또한 뭉개지고 안으로 말려들어갔죠. 그 풀린 시선으로 나를 바라보며 정신없이 사랑한다고 고백했습니다. 전 어찌할 바를 모르고 우물쭈물했지요. 제대로 몸을 가누지도 못하는 당신을 부축하지도 못하고 당신의 말에 뭐라 답하지도 못하고 그렇게 당신을 바라보기만할 뿐이었습니다. 당신을 오래전부터 사랑해왔음에도, 당신의 사랑을 막연히 짐작하고 있었으면서도 그렇듯 날것으로 불쑥 튀어나오는 고백에는 어쩔 수 없이 당황스럽더군요. 믿을 수 없었습니다. 전 도망치듯 그 자리를 빠져나왔지요. 당신은, 당신은 어땠는지 모릅니다. 나를 따라 나왔는지, 아니면 그 자리에 그대로 있었는지.

당신의 연인이 되고 나서야 난 당신에 대해 더 많은 것을 알 수 있었습니다. 여덟 남매의 장남과 둘이나 되는 어머니. 게다가 이복형제들까지. 당신 가족들은 당신의 그늘이었고, 당신이 쉽게 세상의 재미에 곁눈질을 할 수 없도록 만드는 족쇄였습니다. 게다가 아버지는 오로지 정치에만 뜻을 둔 채 집안 살림에는 모르쇠로 일관하셨지요. 당신 어머니 혼자 두 집 살림을 책임지고 아이들을 가르쳐야 했습니다. 허리가 휘고 등골이 빠진다고 하지요. 당신 어머니가 딱 그랬습니다. 당신 어깨에 걸려 있는 만만치 않은 삶의 무게를 확인하고 난 나는 당신이 참으로 안쓰러웠습니다. 당신의 미래는 당신 가족들에게 저당 잡혀 있었으니까요. 당신 삶은 온전히 당신만의 것이 아니었죠.

　사랑의 본질은 측은지심일까요? 자기애가 강한 사람이 사랑을 한다고 믿었습니다. 자기를 사랑해주는 사람을 사랑하는 것, 자기와 닮은 사람을 사랑하는 것. 결국은 자기애이며, 이기심이라고 생각했습니다. 헌데 당신은 사랑조차도 제대로 할 수 없었지요. 그런 당신을 목도하고 나서야 사랑의 속성은 측은지심이라는 생각이 들었습니다.

　그제야 당신을 이해할 수 있었고, 당신이 참 안 돼 보였습니다. 그랬습니다. 당신은 단벌이었지요. 한 벌의 옷으로 일 년 사시사철을 견뎌냈습니다. 흰 와이셔츠에 밤색 바지. 흰빛의 와이셔츠는 오랜 세월을 부대끼느라 눈부심을 잃은 채 회색에 가까웠고 바지는 닳아 여기저기가 반들반들 윤기까지 흘렀습니다. 오금 부분에는 자잘한 주름이 떠날 줄을 몰랐죠. 겨울에는 그 위로 두터운 재킷 하나 걸쳤고, 여름이면 팔꿈치 위로 소매를 접어 입었습니다. 물론 봄가을에는 그대로 입었지요. 당신은 그것도 고마워하고 감사해 했습니다. 어머니 혼자 힘겹게 꾸려가는 살림에 염치없이 대학까지 다니고 있다며 몹시 힘들어했었지요.

　나는 그런 당신을 위해 무얼 해야 할지 몰랐습니다. 그저 곁에 있어주는 것만으로 내 의무와 역할을 다할 뿐. 내 존재가 당신에게 얼마나 크게 다가갔고, 위로가 됐는지는 모르지만 그게 전부였습니다.

그러다 당신은 나에게 한마디 말도 없이 훌쩍 군대에 가버렸죠. 그것도 해병대 자원입대. 순한 눈빛을 지닌 당신이 귀신을 잡는다는 해병대원라니요.

불과 며칠 전까지만 해도 당신은 내 눈 앞에 있었지요. 당신이 숨 쉬는 것, 당신이 웃는 것, 당신이 슬퍼하는 것, 모두 볼 수 있었고, 눈치 챌 수 있었고, 만져볼 수 있었지요. 헌데 당신은 그렇게 내 곁을 떠나갔습니다. 당신은 바람이었던가요? 한곳에 머물지 못하고 안주하지 못하는 그런 바람. 나한테 당신은 미래로 향하는 세상이었는데, 당신은 그저 내가 바람이었던 모양입니다. 당신은 아주 친한 친구한테만 입대 사실을 알렸지요. 나중에 그 친구로부터 당신의 입대 사실을 전해 들었을 때 난 진공의 공간에 부려진 것처럼 숨을 쉴 수가 없었습니다. 죽는 게 차라리 사는 일처럼 느껴졌지요. 먹는 것도, 자는 것도, 생각하는 것도, 아무 것도 할 수 없었습니다. 의식의 활동들이 얼마나 고통스러웠는지 모릅니다. 무의식마저도 그 고통에서 자유롭지 못했지요.

그저 잠을 자다 그대로 숨이 끊어지기를, 어느 순간 숨이 멈추기를 얼마나 기도했는지 모릅니다. 일 초 일 초가 지옥 같았고, 끔

찍했습니다. 벽에 기대어 앉아 두 무릎을 감싸 안고 얼마나 울었는지 모릅니다. 어머니는 영문을 몰라 하셨지요. 이제 스무 살 계집아이가 실연으로 그토록 혹독하게 아파하는 줄 어떻게 알았겠습니까. 어머니의 눈에는 여전히 세상물정 모르는 철없는 어린 아이처럼 보였을 테니까요. 당신에게서는 엽서 한 장 오지 않더군요. 쓰레기통에 속에 처박힌 인형… 같은 기분이었습니다. 얼마 전 까지만 해도 늘 옆에 두고 자분자분 이야기를 건네다가 하루아침에 내동댕이쳐진 그런 심정이었지요. 사실 그랬으니까요.

전 거의 폐인으로 살았습니다. 사람을 만나도 넋이 나간 사람처럼 멍하니 앉아 있었고 번번이 그들의 말을 놓쳤지요. 누군가의 위로를 받기 위해 함부로 손을 내밀기도 했지요. 그게 얼마나 위험한 일인지 당신도 잘 알지요. 하지만 아무도 당신을 대신할 수 없었습니다. 그게 더 저를 절망스럽게 만들더군요. 시간이 정지돼 버린 줄로만 알았는데, 그래도… 혹독한 시간들도 흘러가더군요…. 사람은 망각의 힘으로 살아간다는데, 마술처럼 망각의 힘이 내게도 작용했던 모양입니다.

6개월 정도 지났을 무렵 느닷없이 당신에게서 엽서가 하나 날아왔지요. 엽서를 받아든 내 심정은 미묘했습니다. 반갑기도 하고, 화가 나기도 하고, 밉기도 하고, 복수하는 심정으로 보지 말고 버릴까 하다 명치끝에 걸린 호기심이 읽으라고, 한번 읽어보라고 간단없이 유혹하더군요. 한데 읽는 내내 마음은 편치 않았습니다. 말없이 입대해 버린 당신답게 내용도 의례적이었지요. 어떠한 애틋함도 없이 누군가의 강압에 의해 쓴 것 같은 내용이었습니다.

　난 그 순간 또다시 상처를 입었고, 당신을 잊기로 했습니다. 그게 당신에게 해줄 수 있는 가장 큰 복수라고 여겼으니까요. 누가 그랬던가요. 가장 애잔한 사람이 연인으로부터 잊힌 사람이라고.

　당신을 잊었지요. 헌데 당신이 들어 있던 자리만큼은 여전히 먹먹한 동통으로 남아 있었습니다. 그 통증은 무엇으로도 달랠 수 없었고, 그 빈자리는 누구로도 채울 수 없었습니다. 당신을 내 삶에서 덜어낼 수 있을 거라 자신했는데 아직 시간이 부족했었던가 봅니다.

　한데 당신은 밤을 틈 타 또 다시 저에게 왔습니다.

　처음 사랑을 고백하던 날처럼 당신은 밤에 나를 찾아왔지요. 한 명의 군인. 당신이었습니다. 군복차림의 당신은 참 생소했지요. 민머리도 어색했구요. 헌데 나는 보았습니다. 당신 어깨에 걸린 한 자루의 총을. 그 밤에 총을 든 군인이라니요. 아니, 당신이라니요. 당신은 무단으로 병영을 빠져나온 길이었지요.

　당신은 그 밤에 다 죽이고 당신도 죽겠다고 이를 악문 소리를

147

냈습니다. 가슴이 덜컥 내려앉았습니다. 달빛에 비친 당신의 눈이 이상한 기운으로 번들거렸습니다. 총구 역시 달빛을 받아 차갑게 빛났지요. 당신에게서 술 냄새는 나지 않았습니다. 한데 당신은 제정신이 아니었습니다.

전 그 순간 어찌해야 할지 몰랐습니다. 당신에게 무슨 일이 일어난 건지. 왜 당신이 그런 무모한 일을 벌이는지 하나도 알 수 없었습니다. 그 순하디 순한 아이가, 그 너볏하고 듬직하던 아이가 그런 일을 저지를 수 있다니요. 어찌 생각이나 할 수 있었겠습니까. 칠흑 같은 밤에 이해할 수 없는 광기로 눈이 번들거리는 당신을 버릴 수도 없고, 그렇다고 무슨 일이냐고 자분자분 물으며 애틋한 마음으로 달랠 수도 없었습니다.

난 그 밤, 당신에게 납치되듯 끌려갔지요. 지덕 사나운 길을 걷는 듯 어둠 속의 길을 지칫지칫 더듬어 걸었지요. 당신은 사람이 아니었습니다. 거친 숨소리, 사박한 말투, 끔찍한 욕설들. 내가 알던 당신이 아니었습니다. 당신은 그저 한 마리 광포한 짐승이었고, 맹수였지요. 당신은 큭큭, 울다 또 큭큭, 웃었지요.

별들도 놀라 제 빛을 거두고 달빛에 숨어버렸지요. 난 그런 당신에게 무어라 말도 붙이지 못한 채 그저 옛날 하던 그대로 말없이 바라만 보고 있었지요. 당신이 먼저 이야기하더군요. 당신 어머니가 금융사고로 옥살이를 하게 되었다고. 무능한 아버지는 팔짱만 낀 채 어머니를 방관하고 있다고. 그 아버지를 증오한다고. 어머니를 저리 만든 인간들이 밉다고…. 저도 뉴스에서 들었습니다. 지역사회를 떠들썩하게 만들었던 금융사고의 중심에 당신의 어머니가 있었지요.

당신 어머니는 사채업자에게 사채를 얻어다 거기에 더 높은 이자를 얹혀 다른 사람들에게 빌려주는 일을 했었지요. 그러다 한두 곳, 놓아둔 돈을 회수하지 못했고, 그 빚을 고스란히 당신 어머니가 떠안게 되었지요. 당신 어머니는 당연히 그걸 변제할 능력이 없었습니다. 고리에 고리가 붙고, 그 고리는 다시 고리를 낳고. 결국 당신 어머니는 손을 들었습니다. 그런 당신 어머니를 기다리고 있는 곳은 담장 높은 형무소였지요.

하지만 난 당신 어머니인 줄 몰랐습니다. 당신이 이야기하고 난 뒤에야 그 사고의 중심에 서 있는 이가 당신 어머니인 줄 알았으니까요.

전 희미하게 고개를 끄덕였습니다. 그제야 당신 심정을 이해할 수 있었습니다. 난 입을 떼었습니다. 정말, 어머니를 두 번 참혹하게 만들 거냐고. 당신은 어머니의 유일한 희망일 텐데, 그 희망을 그렇듯 무참하게 뭉개버릴 거냐고 당신을 나무랐지요. 당신은 처

149

음에는 격한 감정에 사로잡혀 내 말을 막았습니다. 하지만 시간이 지날수록 당신은 스스로 총을 내려놓았습니다. 눈물까지 흘리더군요. 당신 입가에서 떨어지던 그 진득한 눈물들을 나는 잊지 못합니다.

그리고 어느 정도 분노가 가라앉자 당신은 미래를 이야기하기 시작했습니다. 당신은 고물상 주인이 되겠다고 했지요. 고물상 주인을 하면 돈을 많이 벌 수 있다고. 당장에 가진 것 없이도 시작할 수 있는 게 고물 줍는 거라고. 세상의 쓰레기들이 자신에게는 삶의 귀중한 밑거름이 돼줄 거라고. 왜 그렇게 착한 당신이 그 밤의 격분을 참지 못했는지… .

그리고 당신은 잡은 토끼를 놓아주듯 나를 풀어주었습니다. 그 뒤로 당신이 어떻게 되었는지 모릅니다. 그 광포했던 기억을 남기고 당신은 내 삶에서 다른 세계로 넘어갔지요.

그러다 우연히 당신을 보게 되었습니다. 학교를 졸업하고 한 방송사에서 근무하던 나는 동료들과 함께 커피숍에 들어가 한담을 나누고 있는데, 당신이 들어오더군요. 당신 옆에는 긴 생머리의 여자가 다 붙어 있었습니다. 아무것도 모르는 인형 같은 여자는 당혹스럽게도 내 옆 테이블에 자리를 잡고 앉더군요. 시선을 어디에 둬야 할지 순간 곤혹스러웠지만 우리는 모른 체했습니다. 하지만 저는 당신도 나처럼 편치 않았다는 사실을 알고 있었죠. 내가 먼저 일어나 밖으로 나왔습니다.

사랑이란… 참… 독하더군요. 처음에는 차라리 죽는 것이 사는 일인 만큼 아팠는데, 아파 숨조차 쉴 수 없었는데, 당신이 다른 여자랑 들어오는 것을 지켜보고 있는데도 아무런 감정도 일지 않더군요. 그 지독한 상처에도 나름 딱지가 붙고, 새살이 돋았던 모양입니다.

사람은 그렇게, 그렇게 살아지는 모양입니다. 죽을 것 같다가도 다시 살고, 살아가다가도 다시 넘어지고, 그렇게, 그렇게 말입니다. 그러니 아무리 혹독한 시련이 한 시절을 담금질한다 해도 이를 악물고 견뎌내야겠지요.

한동안 당신 소식을 들을 수 없었습니다. 어디서 고물상 주인이 되었겠거니, 막연히 짐작만 할 따름이었지요. 한데 제주도를 여행하는데, 우연히 당신 여동생을 만났습니다. 너무나 반가웠지요. 그 여동생이 당신이 목사가 되었다고 일러주더군요. 서울 근교의 한 교회. 착실하게 전화번호까지 일러주었지만 전 당신한테 전화를 할 수 없었습니다. 세월이 흐른 만큼 당신 역시 변했을 텐데, 그 변한 모습을 보기가 겁이 나더군요. 대신 인터넷을 뒤져 세월이 앉은 당신을 보았습니다. 그곳에서 당신은 옛날 나에게 했던 것처럼 사람들을 향해 사랑을 이야기하더군요.

언젠가 한번 당신이 설교를 하는 교회에 조용히 다녀오고 싶다는 생각을 합니다. 옛날에 그러했듯 그때도 모른 체 지나치겠지요.

한때 당신은 내 생명과도 같은 존재였습니다. 한데 당신에게 나는 어떤 존재였을까요?

생의 굽이굽이에서 예기치 않게 당신을 만났듯 우리가 또 어떻게 어떤 자리에서 어떤 모습으로 마주칠지 모르겠습니다. 잊을 만하면 당신이 나타나고, 잊을 만하면 당신이 보였으니까요. 당신과 나, 인연이 그렇게도 질긴 모양입니다. 당신을 또다시 우연히 만나게 된다면 그때는 안녕, 하고 인사라도 건네볼 참입니다.

이제 인사 정도는 나눌 수 있다고 생각합니다. 어느 날 밤, 총구 앞에서 처참하게 무너져야 했던 사랑의 기억도, 실연의 아픔도 이 세월이면 족히 무덤덤해질 수 있는 시간들일 테니까요. 사랑했으므로 행복하였네라, 유치환님의 시 구절이지요. 한때 당신을 사랑했으므로 진정 행복했습니다. 당신으로 인해 한때의 내 삶이 풍성해지고, 아름다웠으며, 설렜습니다. 그 기억만으로도 당신은 내게 소중합니다.

남은 날들도 부디 사랑으로 충만한 시간들이 되길. 안녕히.

파리를 가져가버린
아마존 악어

신이현

달팽이 요리

그때 나는 반 이상이 중국인이고 나머지가 아르헨티나와 브라질, 페루, 태국 학생들 각 한 명씩으로 이루어진 프랑스어 수업을 듣는 자리에 끼어 있었다. 파리 북쪽 가난한 동네에 있는 이 어학원은 수업료가 쌌기 때문에 세계 각국의 돈 없는 이들이 소문을 듣고 왔다. 수업 시간 내내 양파 냄새가 진동했고 깊은 촌구석에서 올라온 듯한 중국 남자들은 눈이라도 마주치면 누런 이빨을 드러내고 소처럼 웃었다. 학원 분위기는 중국집처럼 너저분하면서 좀 침울했다. 파리다운 거라고는 눈곱만큼도 없었다. 수업료가 싸다는 이유만으로 이곳에 등록했던 나는 몹시 후회하면서 어서 빨리 3개월 등록 기간이 끝나기만을 기다렸다.

"달팽이 요리 좋아하세요?"

불어 수업이 끝났을 때 누군가 나에게 물었다. 턱까지 올라오는 두툼한 갈색 목 스웨터를 입고 있는 브라질 남학생 안이었다. 그는 언제나 그 스웨터만 입고 다녔다. 지금도 증명사진처럼 잘 기억할 수 있다. 갈색 스웨터 목 위에 얹힌 짙은 피부색의 동그란 턱과 웃으면 귀까지 찢어지는 두툼한 입술, 선량해 보이는 커다란 눈, 그 눈을 다 가릴 수 있을 정도로 길다란 속눈썹, 곱슬곱슬한 머리카락. 그는 스웨터보다 약간 더 짙은 갈색 재킷을 입은 뒤 불어책과 공책, 필통을 가방 안에 넣었다. 재킷과 필통, 가방, 모든 것이 다 비슷하게 낡아 빠져서 눈길을 끌었다.

"달팽이 요리요?"

"네, 좋아해요?"

"사실 먹어본 적이 없는데."

"아, 나도 먹어본 적이 없어요. 우리 오늘 그거 먹으러 갈까요?"

"아, 싫은데요."

느닷없고도 이상한 제안이었기 때문에 딱 잘라 거절하는 것이 당연하다고 생각했다. 나는 얼른 가방을 챙겨 밖으로 나왔다. 그리고 앞에 있는 전철역으로 가지 않고 빌레트 저수지를 향해 갔다. 바다처럼 넓은 물을 볼 수 있는 아름다운 풍경이기 때문에 나는 늘 한 정거장 걸어서 스탈린그라드 역에서 전철을 탔다. 얀은 저수지변을 앞서거니 뒤서거니 하면서 나와 동행인 것처럼 걸어갔다. 바람이 저수지에 파도를 일으킬 때마다 그는 스웨터 속으로 턱을 집어넣으며 추운 표정을 지었다. 나는 그의 셋방이 무진장 추울 것이며 잘 때도 갈색 스웨터를 벗지 않을 것이라고 확신했다.

"집에 기다리는 가족이나 친구, 혹은 애인이 없다면 나랑 함께 달팽이 요리를 먹으러 가는 게 어때요?"

아직 조건법을 배우지 않았기에 그의 불어 문장은 약간 엉터리였다. 그는 자신의 발끝을 내려다보며 어이없다는 듯 쿡 웃었다. 결국 나도 웃었다. 파리에 와서 처음 웃어보는 기분이었다. 그때 나는 삼십 대 초반에 닥친 인생의 혼돈기를 지나가고 있는 참이었다. 파리에 온 지 몇 달 되지 않았고 완전히 혼자였다. 가족도 친구도 아는 이라고는 한 명도 없었다. 나는 혼자 밥을 먹었고 혼자 전철을 탔고 혼자 집으로 왔다. 혼자 포도주를 마셨고 혼자 텔레비전을 보았고 혼자 잠을 잤다. 카페에 가서 코를 대고 지겹도록 키스하는 인간들을 구경하며 불어 동사변화를 공부했다. 도대체 내가 왜 이따위 공부를 해야 하는지, 왜 남의 나라에서 돈 쓰면서 뼈

저리게 고독을 씹어야 하는지, 참 이해할 수 없는 인생의 한때였다. 내가 선택한 고독을 주체할 수 없어 그저 불어동사 변화만 외워대면서 하루하루를 견뎌가고 있는 중이었다.

　강아지나 햄스터, 고양이를 한 마리 사볼까 심각하게 고려하기도 했다. 그러다 어느 날엔 나를 자기 강아지로 생각할 사람이 있으면 좋겠다는 생각을 하게 되었다. 파리의 강아지들은 나보다 처지가 좋아 보였다. 저마다 주인이 있어 숲으로 카페로 거리로 데리고 다니며 먹여주고 쓰다듬어주고 뽀뽀해주는데 인간이 이렇게 고독하게 방치되어도 되는가? 행복한 개들을 보면서 나는 누군가 나를 산책시켜줄 순간을 기다리며 꼬리가 떨어지도록 흔들 준비를 하고 있었다.

　"좋아요. 그런데 레스토랑은 어디에 있죠?"

　이윽고 나에게도 함께 거리를 걸을 사람이 나타난 것이다.

　"몰라. 이제부터 찾아보자!"

　우리는 전철을 타지 않고 역에서부터 남쪽을 향해 걷기 시작했다. 얀은 보기와는 달리 아주 까다로운 남자였다. 달팽이 요리를 먹기 위해 우리는 세 시간을 걸었다. 빌레트 저수지를 다시 거슬러 올라가 생마르텡 운하를 따라 늘어선 레스토랑의 메뉴판을 찬찬히 읽으며 걸었다. 파리의 모든 레스토랑이 달팽이 요리를 하는 것은 아니었다. 달팽이 요리가 있어도 너무 허름하다고 퇴짜를 놓고 지나치게 현대적이거나 고급스럽다고 퇴짜를 놓았다. 그는 고풍스럽고 전통적인 우아함을 지닌 레스토랑을 원했다. 운하를 따라 난 집시풍의 레스토랑을 모두 거친 뒤 볼테르 역까지 걸어왔다. 뱃속에서는 꼬르륵거리는 소리로 난리가 났다. 다행히 얀은 알렉상드르 뒤마 역 옆 작은 정원에 붙은 레스토랑을 발견했다. 벽에 나무를 박아넣은 콜롬바주 건축 스타일의 오래된 옛날 집이었다. 붉은 천이 덮인 탁자마다 오렌지색 갓 전등이 놓여 있었다.

"우리는 맛있는 달팽이 요리를 먹기 위해 왔어요. 거기에 꼭 어울리는 포도주도 추천해주시고요, 네? 달팽이 요리는 전채라고요? 아뇨. 요리는 먹지 않을 거에요. 물론 후식도 치즈도 먹지 않을 건데요. 아뇨. 아뇨. 아페리티프도 물도 필요 없어요. 우린 달팽이 요리와 포도주만을 원해요."

얀은 한 문장에 최소한 두 개의 문법적 오류를 범했다. 틀린 불어가 나올까봐 두려워 입을 잘 열지 않는 나와는 달리 그는 유머러스하게 들리는 포르투갈 억양으로 부드럽고도 당당하게 엉터리 불어를 구사했다. 나비넥타이를 맨 웨이터는 진지하게 얀이 하는 소리를 종이에 적어 넣은 뒤 물러갔다. 우리는 주위에 앉은 다른 손님들과 비교가 될 정도로 허름했다. 얀은 노동자처럼 낡은 옷을 입고 있었고 나는 단정했지만 촌스러운 스타일이었다. 우리는 어쩐지 결혼 1주년을 기념하기 위해 외출한 가난한 부부 같은 느낌이 들었다.

"아스파라가스와 마늘을 아주 곱게 간 뒤 소금 간이 된 버터를 섞어서 달팽이와 함께 오븐에 졸인 것입니다. 마늘과 버터와 달팽이가 함께 끓으면 맛있는 냄새가 진동을 하죠. 몸을 따끈하게 해주며 원기를 도와주는 겨울 음식입니다. 이 요리를 먹은 날 밤에는 난로가 필요 없다니까요."

웨이터는 다섯 손가락을 오므려 입에 쪽 소리가 나도록 맞추며 맛있는 요리라는 뜻을 표했다. 그리고 우리의 잔에 부르고뉴 붉은 포도주를 따라주었다. 달팽이들은 돌로 된 접시에 뚫린 열두 개의 구멍 안에 하나씩 들어 있었다. 얇은 포크로 달팽이를 찍어 입 안으로 가져가니 작은 덩어리는 쫄깃하고 마늘 소스는 고소했다. 거기에다 포도주를 한모금 마시니 우리의 몸은 금방 뜨끈해졌다. 얀이 갑자기 두 팔을 번쩍 치켜들더니 두꺼운 스웨터를 단숨에 벗어버렸다. 나는 깜짝 놀라서 그를 보았다. 우리가 함께 수업을 들은 지 한 달째였지만 그의 목과 맨 팔을 보는 것은 처음이었다. 그는 가슴에 아마존이라는 글자와 함께 새끼 악어가 프린트된 반팔 셔츠를 입고 있었다. 자신이 다니는 아마존의 대학에서 만든 셔츠라

159

파리의 강아지들은 나보다 처지가 좋아 보였다.

저마다 주인이 있어 숲으로 카페로 거리로 데리고 다니며

먹여주고 쓰다듬어주고 뽀뽀해주는데

인간이 이렇게 고독하게 방치되어도 되는가?

행복한 개들을 보면서 나는 누군가

나를 산책시켜줄 순간을 기다리며

꼬리가 떨어지도록 흔들 준비를 하고 있었다.

신이현

고 했다.

"그럼 오늘은 프랑스 식으로 작별인사를 하자."

그는 헤어지는 전철역 앞에서 안녕, 하면서 내 오른쪽 볼에다 입을 맞추었다. 그리고 왼쪽. 그러나 볼이 아니라 내 왼쪽 입술 끝에 그의 입술이 살짝 닿으면서 쪽 소리가 났다. 이제 금방 만들어놓은 달팽이에 대한 추억을 쏙 빼가버리는 듯한 소리였다.

비둘기 요리

그해 파리의 겨울은 정말 추웠다. 진눈깨비가 자주 흩날렸고 오후 세 시가 되면 안개가 끼기 시작해 다섯 시면 벌써 캄캄해졌다. 산책하기에 좋은 계절이 아니었다. 그러나 우리는 학원 수업이 끝나는 세 시부터 캄캄해질 때까지 여기저기 걸어다녔다. 얀은 전철을 타고 다니지 않았다. 그는 집에서 학원까지 걸어다녔다. 교통비를 아끼기 위해서였다. 그는 브라질 정부에서 주는 6개월 체류 장학금으로 파리에서 어학 연수를 하고 있는 교환학생 신분이었다. 벌써 돌아갈 비행기표가 예약된 상태였다. 그는 파리에 6개월밖에 머물 수 없었고 그동안 많은 것을 하고 싶어 했다. 그 중에 돈이 가장 많이 드는 하나를 우리는 막 함께 했다. 그의 한 달 교통비와 보름 식료품비를 아낀 돈이었다. 그리고 이번에는 비둘기 요리였다.

"왜 우리는 여름에 만나지 못했는지 모르겠다."

뷔트쇼몽공원의 나무들 사이로 몰아치는 바람을 맞으며 우리는 누가 먼저랄 것도 없이 이렇게 말했다. 얀과 나는 그해 여름 같은 달에 파리에 도착했지만 만난 것은 찬바람 씽씽 부는 겨울이었다. 한 시간만 돌아다니면 발가락이 떨어지는 것 같았고 빨갛게 언 코에서는 콧물이 줄줄 흘러내렸다. 파리의 공원을 구경하는 것도 그의 소원들 중 하나였다. 겨울 산책을 위해 나는 코끼리처럼 두껍게 옷을 껴입었다. 양말도 두 켤레 신고 털목도리에 털모자, 양털로 된 벙어리장갑도 꼈다. 그러나 얀은 늘 그 스웨터에 그 재킷밖에 입지 않았다. 그에게 겨울옷이라고는 입고 있는 것밖에 없는 것 같았다. 슈퍼마켓 진열장에 있는 내의와 장갑을 보았지만 그것은 꽤 비쌌다. 그는 이제 한 달 남짓 남은 파리의 겨울옷을 사기 위해 돈을 쓰고 싶어 하지 않았다.

우리는 학원에서 멀지 않은 뷔트쇼몽공원이나 벨빌공원에 자주 갔다. 나는 작은 언덕배기들을 오르락내리락하며 그 사이로 난 오솔길로 걸으며 호수를 구경할 수 있는 뷔트쇼몽공원을 좋아했고, 얀은 파리가 한눈에 내려다보이는 벨빌공원을 좋아했다. 전망 좋은 곳이라 불리는 그 공원의 꼭대기에 서면 북극에서부터 단숨에 불어닥친 듯한 바람이 휘몰아쳤다. 얀은 빨갛게 언 손으로 빨갛게 언 귀를 감싸고 먼 수평선을 보듯이 발 아래 펼쳐진 파리를 바라보았다. 우리는 너무 추워 발을 동동거렸지만 가슴 저 밑바닥에서는 유쾌한 웃음이 터져 올랐다.

"인생은 아름다워!"

그는 콧물을 흘리며 이렇게 말했다. 그 이전에도 그 이후에도 나는 이렇게 행복하게 인생을 찬양하는 사람을 만나지 못했다. 첩첩 산골에서 태어난 나는 어린 시절 엄마가 뙤약볕을 머리에 이고 앉아 밭 매는 것을 볼 때면 인생은 참 질기게 척박하다고 생각했다. 그러나 상파울로 바닷가에서 태어난 얀에겐 벗은 등 뒤로 쏟아지는 태양은 아름다운 바다의 유희였다. 그는 매사 나보다 훨씬 부드럽고 낙천적으로 세상을 받아들였다. 나는 추워 죽겠다고 투덜거렸고 그는 공기가 차가울수록 에스프레소 향기를 강하게 느낄 수 있다고 말했다. 나는 변덕스러운 날씨처럼 프랑스 인간들은 더럽게 까다롭다고 불평했고 그는 복잡다단한 심리 덕분에 수백 가지의 치즈가 만들어졌다고, 그 다양하고 이해할 수 없는 심리를 읽는 것이 즐겁다고 말했다.

비둘기 요리를 먹기 위해 우리는 파리의 반대편까지 걸어갔다. 전철 타면 이십 분이면 되는 거리였지만 두 시간을 걸어야 했다.

창녀들이 우글거리는 레퓌블리크와 프렝탕백화점, 오페라극장과 생 라자르역, 드골광장의 개선문을 지나자 겨우 블로뉴 숲의 첫 자락이 나왔다. 내가 전철비를 대겠다고 해도 그는 기어코 걸어야 한다고 했다. 이국의 좋은 요리를 먹기 위해 한 달을 걸었는데 마지막 날 전철을 타고 싶지는 않으며, 걷는 것은 음식을 맛있게 먹기 위한 신성한 준비 단계라고 말했다. 세상에 이런 사람도 있을까. 나는 반쯤 포기하면서도 언제 이런 엉뚱한 짓을 해볼 것인가 싶어서, 추위도 허기도 피곤함도 참고 따라갔다.

"저희 집의 비둘기 요리는 브로타뉴와 프로방스 지방 산에 사는 야생 비둘기를 사냥한 것입니다. 그럼요, 아직 프랑스에는 야생 비둘기가 있습니다. 닭 목살과 수탉 벼슬, 송아지 귀와 돼지 꼬리를 잘게 두드려 거기에 팀과 마늘을 넣고 마지막으로 꼬냑을 뿌린 뒤 거위 간과 호두로 버무려 비둘기 속을 채웠습니다. 비둘기 뼈를 샴페인과 꼬냑으로 푹 고아서 졸인 소스를 고기에 끼얹어 오븐에 넣어서 구웠습니다."

얀은 격조 있는 레스토랑을 찾아내는 데는 도가 텄고 엉터리 불어로도 웨이터들을 다정다감 극진하게 만들어버리는 탁월한 재주가 있었다. 나는 그것이 브라질 태양의 원기 덕분일 것이라고 단정했다. 비둘기 요리는 전혀 비둘기다운 데가 없었다. 비둘기 고깃살은 종잇장처럼 얇았다. 속에 채워진 것이 송아지 귀인지, 닭 벼슬인지, 호두인지 오도독거리며 씹혔다. 그때마다 민트와 꼬냑 향이 입 안 가득 퍼졌다. 너무나 배가 고팠음에도 허겁지겁 먹을 수 없게 만드는 마술 같은 요리였다.

"그럼 이제 프랑스 식으로 안녕."

얀은 그 언젠가처럼 내 양쪽 볼에 번갈아가며 입을 맞추었다. 왼쪽 볼, 그리고 오른쪽. 그때처럼 두 번째는 볼이 아닌 내 오른쪽 입술의 반에 닿으면서 쪽 소리가 났다. 이제 금방 만들어놓은 비둘기에 대한 추억이 그의 입 속으로 쪽 빨려 들어가버리는 듯한 소리였다.

노르망디 굴과 알자스 포도주

얀이 브라질로 떠나기 이틀 전이었고 에펠탑 허리춤에는 330일이라는 숫자가 오렌지색으로 켜져 반짝이고 있었다. 앞으로 330밤을 더 자고 나면 2000년이 될 것이라는 표시였다. 이제 우리는 그가 떠나기 전에 저축해둔 돈을 깨끗이 쓰기 위해 거리에서 만났다. 트로카데로 지하철로 내려가는 입구에 알자스 백포도주 광고가 붙어 있었다. '바다는 나를 사랑해.' 부리가 붉고 긴 알자스 학이 이렇게 말하고 있었다. 그 한편에는 바닷물을 머금은 신선한 굴과 노란색 포도주가 찰랑거리는 유리잔이 놓여 있었다. 파리를 떠나기 전 얀은 노르망디 바닷가에 가고 싶어 했지만 경제적인 이유 때문에 아무 데도 갈 수 없었다. 대신 우리는 노르망디에서 온 굴을 먹기로 했다.

"이렇게 추운데 바다에서 온 굴이라니, 얼음덩이 같을 거야."

그해 겨울 내내 나는 추위에 떨었다. 그러나 얀은 무엇인가를 먹기 전에 걷는 습관을 생략할 수 없었다. 우리는 다시 파리를 지그재그로 걷기 시작했다. 귀메 박물관을 지나서 루즈벨트 전철역과 콩코드광장을 거쳐 세느강을 건너 국회의사당 쪽으로 갔다. 그런 뒤 다시 강을 따라 오르세이박물관까지 갔다가 엥발리드와 로댕박물관을 지나 생제르맹 데프레까지 갔다. 우리는 그곳 좁은 골목길들 안에서 작은 해물 전문집을 찾아냈다. 메뉴판을 보고 우리는 바다에 사는 굴과 조개들에 그렇게 많은 종류가 있고 각기 이름과 번호가 세밀하게 붙여져 분류된 것에 놀랐다.

"노르망디 바다가 가장 사랑하는 것은 알자스 백포도주입니다. 보르도에도 백포도주가 있지만 알자스 포도주만큼 굴과 잘 어울리는 것은 없습니다. 알자스는 노르망디 바닷가에서 가장 먼 프랑스 산골인데, 그렇게 서로 멀고 다른 곳에서 태어나 오늘 저녁 이

식탁에서 만난 것입니다. 참 로맨틱한 만남이죠."

파리 하늘 아래 이렇게 친절하고도 문학적으로 말하는 웨이터
도 있었다.

"그러니까 꼭 너와 나 같구나."

얀이 말했다. 사실 한국의 산골 소녀와 브라질 바닷가 소년이
자라서 어느 날 파리에서 만나 술을 마시는 일은 노르망디 굴과
알자스 포도주의 만남보다 더 희귀하고 극적인 것이었다. 우리는
웨이터가 권하는 대로 굴을 빼먹은 뒤 껍질에 남은 바닷물에 빵을
적셔 먹으며 흰 꽃향기가 나는 피노그리라는 이름의 백포도주를
마셨다. 우리는 거리에 내놓은 탁자에 앉아 있었고 등 뒤에는 야외
용 가스난로가 뜨겁게 타고 있었다. 두꺼운 코트를 입고 잔뜩 웅
크리고 걸어가던 사람들이 힐끗 3층으로 된 은빛 굴 쟁반과 백포
도주가 놓인 우리의 탁자를 보았다. 그들은 부러운 듯 미소 지으
며 "맛있게 드세요!"라고 말했다. 어떤 이는 "축하해요!"라고도 했
다. 이제 우리는 결혼 3주년을 기념하기 위해서 나온 부부 같은 느
낌이 들었다. 포도주 병이 반으로 비었을 때 얀은 그 언젠가처럼
두 팔을 번쩍 치켜들더니 스웨터를 벗어버렸다. 아마존 악어가
새겨진 그 티셔츠. 석류알 같은 이빨이 송이송이 박힌 새끼 악어
였다.

"우리 저기 가자."

레스토랑에서 나왔을 때 그가 골목길 끝에 보이는 호텔 간판을 가리켰다.

"가서 뭐 하게."

"사랑하고 싶어."

중세 때 깔아놓은 듯한 돌멩이가 자잘하게 박힌 정원을 품은 가정집처럼 보이는 호텔이었다. 정원에 핀 수국꽃들 속에 장식용 등이 하늘에서 떨어진 복숭아처럼 부드럽고 환하게 흔들리고 있었다. 그러나 우리는 대문에 붙은 별 세 개짜리 호텔의 가격표를 보고 파리의 호텔값이 그렇게 비싼 것에 깜짝 놀랐다. 조금 전 얀이 레스토랑에서 지불했던 거금의 세 배가 되는 가격이었다. 우리에게는 그런 돈이 없었다.

"그럼 우리 집으로 가자. 2인용 침대가 있어."

얀의 집은 파리의 동쪽 끝이었다. 나의 집은 파리의 서쪽 끝이었다. 나는 그와 함께 동쪽 끝까지 걸어가고 싶지 않았다. 추운 데다 백포도주의 흰 꽃향기에 취해 졸음이 쏟아졌다. 그의 몸을 만지고 싶은 마음보다 내 2인용 침대에 퍼지고 싶은 마음이 더 강했다. 나는 고개를 저었다.

"하지만 난 분명히 후회하게 될 거야."

전철을 타기 위해 역 계단을 내려가며 나는 이렇게 중얼거렸다. 이틀 뒤 나는 그를 배웅하기 위해 공항으로 갔다. 헤어지기 전 우리는 프랑스 식으로 쪽쪽 소리를 내면서 볼에다 입을 맞추었다. 그리고 서로의 허리에 팔을 감고 꼭 안았다. 털 스웨터 속 그의 몸은 아주 얇았다. 그는 떠났고 나는 남겨졌다. 한참 뒤 나는 다른 남자를 만났지만 세 개의 추억은 브라질에 저당잡힌 채였다. 두어 번 더 비둘기를 먹었고 자주 달팽이요리를 먹었다. 굴과 알자스 포도주는 수없이 마셨다. 그때마다 나는 아마존이라는 글자 아래 새끼 악어가 프린트 된 티셔츠 속의 몸, 내가 알지 못하는 얀의 몸이 떠올랐다. 이즈음, 달팽이 요리를 먹을 때면 내 입술 반쪽에 떨어졌던 쪽 하는 소리마저 들리는 듯하니 나는 참 바보다. 어떻게 하면 이 추억을 다시 받아올 수 있을까.

별

김 선 재

태양계 내를 임의의 궤도로 배회하고 있는 바위 덩어리가 지구 대기에 들어와서 공기와의 마찰로 발광을 하는 경우가 있다. 이것은 보통 100~130km의 고도에서부터 눈에 보이기 시작하며 대기권 내로 진입하면 궤도 전체로 흩어진다. 이 결과 이것은 매년 나타나지만 지상에 닿기 전에 궤도가 변하거나 또는 흐름이 완전히 소산된다. 그래서 관측된 이것들은 결국 얼마 지나지 않아 허공에서 소멸하게 된다.

그러나 우리는 이것을 언제나 별똥별이라고, 별이라고 부른다.

아무것도 보이지 않는 캄캄한 밤이었다. 그는 나를 벼랑 끝 같은 벌판에 두고 어둠 속으로 사라져버렸다. 처음 얼마간은 불편한 그 다리로 어딜 갔으랴 싶었고 그 다음 얼마간은 그가 어떻게 되든 말든 길을 더듬어 돌아갈 생각을 하다가, 종내는 슬슬 걱정이 되기 시작했다. 볼일을 보고 오겠다고 말하고 차에서 내린 지 고작 20분 남짓이었다. 그러나 낯선 시공간에 혼자 남겨진 나로서는 온갖 상상을 하기에 충분한 시간이었다. 혹시 볼일 볼 장소를 고르다가 도랑에 고꾸라진 것은 아닐까 따위의 쓸데없는 걱정이 들기 시작했다. 그를 찾아 돌아가야 했다. 나는 한숨을 쉬며 차문을 열었다.

11월의 벌판에서 부는 바람은 한겨울의 그것 못지않게 매서웠다. 도대체 왜 길이 아닌 곳으로 와서 이 고생인가 싶었다. 오후부터 내내 잘못된 이정표를 따라 어디론가 낯선 동네 끝까지 와버린 듯한 낭패감과 겹겹이 산으로 둘러싸인 벌판에 혼자 남겨졌다는 두려움, 게다가 한밤의 추위까지 더해져 그에 대한 원망이 증폭되고 있었다. 그러나 당장은 복잡한 심사를 애써 억누르며 그가 사라진 쪽으로 걸어가는 수밖에 별 도리가 없었다. 우선 급한 것은 나와 내 차가 정차한 '지금 이곳'에서 원래의 내가 '있던 곳'으로 돌아가는 것이었기 때문이었다. 그러기 위해서는 어둠 속으로 사라져버린 그가 '지금 이곳'으로 돌아와야 했다. 그가 사라져간 곳을 눈으로 더듬으며 그를 불렀다. 아니 그를 불렀다기보다는 내 인기척을 그가 알아차리길 바랐다. 어떻게 불러야 할지조차 알 수 없었기 때문이었다.

우리는 서로를 부를 마땅한 호칭도 갖지 못할 정도로 서먹한 사이였다. 나는 그의 이름을 기억해내려고 애썼지만 생각이 나지 않았다. 나는 당황했고 두려웠고 추웠고 배가 고팠다. 동서남북도 구별되지 않는 벌판에서 어디로 갔는지도 모를 사람을 찾아야 한다는 사실이 막막하기만 했다. 나는 자주 내가 걸어온 방향을 돌아보았다. 내가 타고 온 차가 희부옇게 어둠 속에 녹아들고 그 주위로 가끔 바람이 마른풀들을 부스럭거리며 뒤채고 있었다.

이건 오지랖이 넓은 것이 아니라 멍청한 것이라고 스스로를 자책했다.

부탁이 있어요

그는 그렇게 말했었다.

나는 그에 대해 내가 할 도리를 다 한 상태였으므로 부탁 따위는 거절해도 상관없었다. 그러나 거절하지 못했다. 한숨을 쉬며 주저앉았다. 돌아갈 수도, 계속 걸어갈 수도 없었다. 벌판을 지나가는 초겨울 바람이 귓가에서 윙윙거렸다.

그를 만난 것은, 아니 정확히 말해 그와 부딪친 것은 어느 해 가을이었다.

자정이 다 되어가는 퇴근 무렵이었다. 어두운 골목에서 튀어나온 물체가 갑자기 내 차 앞으로 뛰어들었다. 모든 사고들이 그러하듯 그 일은 내 의지와는 상관없이 일어났다. 내 기억에 의하면 누군가에게 가해를 입힌 최초의 사건이었다. 모퉁이를 돌 때면 언제나 경계하라던 운전학원 교관의 말이 떠올랐다. 온몸이 떨려왔다. 가능하면 그 자리를 모면하고 싶었다. 부질없는 생각이었다.

그는 차 앞에 주저앉아 있었다. 나는 괜찮냐고 물었고 그는 괜찮다고 말했다. 나는 죄송하다고 말했고 그는 괜찮다고 말했다. 나는 그만 소리 내어 울었고 그는 일어섰다가 다시 주저앉았다.

알아서 다 해주는 자동차 보험 서비스 따위가 없던 시절이었다. 그가 가리키는 방향으로 차를 몰아 상황을 헤쳐 나가는 수밖에 없었다. 병원에 도착해서 그가 엑스레이를 찍고 골절로 전치 4주의 진단을 받을 때까지 나는 그의 곁에 있었다. 그 밤은 아주 천천히 지나갔다. 침대에 누운 그의 손등에 피가 맺혀 있었다. 내가 만든 상처였다.

지금도 그렇지만 나는 상처라는 단어에 대해 유독 두려움을 느낀다. 그 말은 관계에 대한 두려움이라고도 할 수 있으리라. 나는

175

언제나 삶에서 비극을 먼저 예감하는 습성이 있었다. 그것은 선험적으로 내게 주어진 형벌과도 같은 것이었다. 기다리는 것들은 다가오지 않는다는 것을 깨닫게 되면서 나는 세상과 일정한 거리를 유지하기 위해 노력했다. 그것이 내가 생각하는 가장 이상적인 삶이었다. 그것이 스스로가 만든 울타리라는 생각은 하지 않았다. 그 울타리를 넘어야 처마가 이마를 맞댄 동네가 나타나고 길들이 보인다는 사실을 알지 못했다. 그리하여 세상이 울타리 바깥에서 공전과 자전을 거듭하는 동안 나의 일상은 언제나 고적하기만 했다. 어디로 가야 할지, 무엇을 향해 걸어야 할지가 보이지 않던 시절이었다. 그런 나에게 그가 갑자기 뛰어들었던 것이다. 나는 궤도를 이탈한 수레처럼 비틀거렸다. 그래서 그에게 핏대를 세워 갑자기 차로 뛰어든 이유를 따져 묻는 일은 생략되었다. 그저 그 밤 내내 나는 죄송하다고 말했고 그는 별 일 아니라는 듯 고개를 끄덕였을 뿐이다.

병원을 나선 것은 새벽녘이었다.

밥이나 먹고 가죠.

무엇인가 할 말이 있는 사람처럼 잠시 머뭇거리던 그가 말했다. 거액의 치료비라도 청구하면 어쩌나 더럭 겁이 났다. 무방비 상태로 당할 생각을 하니 눈앞이 캄캄했다.

세상 끝장난 것 같은 표정 하지 말아요.

그러나 그는 그렇게 말했을 뿐이었다.

나는 재차 그에게 사과했다. 별로 아는 것이 없던 시절이었다. 그래서 내가 할 수 있는 것은 사과하는 것밖에 없었다. 내가 만든 울타리 안의 모든 것은 질서정연했고 조용했다. 모퉁이를 돌 땐 항상 경계하라던 운전학원 교관의 말만 계속 머릿속에서 맴돌았다.

그와 나는 햇살이 환한 아침 병원 로비에서 각자의 연락처를 나누고 헤어졌다. 그리고 2주일 쯤 지난 후 그에게서 다시 기별이 왔다.

부탁이 있어요.

거두절미하고 그가 말했다. 나는 다시 가슴이 서늘해졌다.

어딜 가야 하는데 동행해 줄 수 있나요? 아시다시피 몸이 좀 불편해서요.

마지막에 덧붙인 말만 아니었으면 나는 거절할 수 있었을 것이다. 그 2주일 동안 교통사고 가해자의 행동수칙에 대해 어느 정도 파악한 상태였기 때문이다. 그러나 그럼에도 불구하고 나는 여전히 그의 '불편한 몸'에 대해 일말의 죄책감을 느끼고 있었다.

그는 양평에 볼일이 있다고만 말했을 뿐 별다른 말은 하지 않았다. 낯선 자와 낯선 곳에 간다는 사실은 퍽 무모하고 위험한 일이

김선재

나는 언제나 삶에서 비극을 먼저 예감하는 습성이 있었다.
그것은 선험적으로 내게 주어진 형벌과도 같은 것이었다.
기다리는 것들은 다가오지 않는다는 것을 깨닫게 되면서
나는 세상과 일정한 거리를 유지하기 위해 노력했다.

었으므로 나는 이것저것 따져 묻고 싶었다. 그런 나의 생각을 읽기라도 했는지 그가 덧붙였다.

아직 제대로 걷지도 못하니까 걱정할 일은 없을 거에요. 100미터를 30초 안에 뛸 수만 있다면.

우스갯소리였지만 나는 따라 웃는 대신 100미터를 30초 안에 뛸 수 있을지에 대해 생각했다. 그리고 비극의 냄새를 감지할 필요가 없는 거리에 있는 그와의 통화를 끝낸 그때 나는 아무것도 예감하지 않았지만 막연히 삶이 그리워지기 시작했다. 지루하게 이어지던 시간이 분할되고 밀도가 생기는 것이 느껴졌다. 내가 어디론가 다가가고 있으며 곧 그것을 통과해 다시 어디론가 향해 가리라는.

태양계 내를 임의의 궤도로 배회하고 있는 바위 덩어리가 지구 대기에 들어와서 공기와의 마찰로 발광을 하는 경우가 있다. 이것은 보통 100~130km의 고도에서부터 눈에 보이기 시작한다.

양평에서의 볼일은 첫 시집을 낸 친구의 집에 방문하는 일이었다.

그는 나를 자신의 어린 친구라고 소개했고 그의 친구인 시인은 더 이상 캐묻지 않았다. 그들이 저녁을 먹는 사이 나는 마당에서 하늘을 오랫동안 바라보았다. 하늘은 지상에서 너무 멀었고 검은 숲에서는 가끔 한숨 같은 찬바람이 불어왔다. 멀리 드문드문 떨어져 앉은 창문의 불빛들이 바람에 꺼질 듯 흔들리기도 했다. 익숙한 나의 일상들이 꿈인 것처럼 아득하고 멀었다. 이상한 꿈이었다.

이리로 와봐요.

억새풀숲 너머에서 그의 목소리가 들려왔다. 갑작스러운 인기척에 주저앉아 있던 나는 벌떡 일어섰다. 종소리처럼 가슴이 뛰기 시작했다. 그러나 동시에 짜증이 밀려왔다.

많이 늦었어요. 빨리 출발해요.

모습이 보이지 않는 그를 다그치며 나는 신경질적으로 발을 굴렀다.

잠깐 이리 와봐요.

내 심사는 알 바 아니라는 듯 같은 말이 되풀이해서 풀숲을 넘어왔다. 조급한 나에 비해 그는 한없이 느긋했다. 한숨만 나오는 상황이었다. 거기 뭐가 있다는 건지 짐작조차 할 수 없었다. 이미 낯선 그에 대한 경계심은 사그라지고 있었다. 100미터쯤은 30초 이내에 뛸 수 있으니까. 억새풀을 헤치고 그에게 다가서며 나는 고작 그런 생각을 했던 것 같다. 그리고 평생 모퉁이를 돌 때마다 조심하리라 재차 다짐했다.

저런 거 본 적 있어요?
그는 나를 쳐다보지도 않고 손으로 하늘을 가리켰다.

아, 그건 별들의 비였다. 하늘에서 폭우가 쏟아지듯 수없이 많은
별들이 궤적을 그으며 떨어지고 있었다. 그가 소원을 빌라고 말을
건넸지만 나는 아무 생각도 할 수 없었다. 잠시라도 딴 생각을 하
는 날엔 하늘의 별들이 한꺼번에 다 사라질 것 같았다. 궤도를 이
탈한 별들의 최후는 비장하기까지 했다. 머릿속이 환하게 밝아왔
다. 그때만큼은 누구와 있는지, 어디로 가야 하는지가 별 상관없
이 느껴졌다. 나는 별을 향해 손을 뻗었다. 내 손바닥 위에서 별들
이 지고 손가락 사이에서 모래알처럼 반짝거리며 떨어져 내렸다.
그것은 시리고 어둡고 맑고 환한 꿈이었다. 별들이 지는 사이에서
억새들이 바람에 파도처럼 흔들렸다.
가까이 와요.
나는 그에게로 다가섰다.
춥잖아요. 기대면 좀 덜할 거예요.
나는 조금 더 그에게 다가섰다.

181

그동안에도 별들은 떨어지고, 떨어진 별들은 지상에 닿기 전에 사라졌다. 우리는 말이 없었다. 사라지는 것을 바라보는 일은 결코 눈물겨운 것만은 아니었다. 곁에 서 있는 그의 체온이 전해져왔다. 낯설거나 두렵다는 생각은 들지 않았다. 그저, 따뜻했다.

우리는 서로에게 별자리를 일러주거나 흔한 전설을 이야기하는 일 따위는 하지 않았다. 그가 별들에게도 주기가 있다고 말했을 뿐이다.

그러면 이 순간을 다시 만나기 위해서는 오래 기다려야겠네요.

내가 말했다.

그럴 수도, 영영 아닐 수도.

우리는 다시 오지 않을 시간을 함께 지나가고 있는 중이었다. 가슴이 답답해져왔다. 또다시 화기가 가신 난롯가의 싸늘함과 같은 시간들로 되돌아가야 하겠지. 나는 잦아드는 유성우들을 바라보며 보고 싶은 사람들을 떠올려보았다. 안부가 궁금한 사람들의 이름을 기억해내려 애썼다. 그러나 나는 풋사랑의 기억도, 불러보고 싶은 이름도 가지고 있지 않았다. 어디서 와서 어디로 가고 있는 것인지 사방은 막막하기만 했다. 문득 꿈 없는 잠을 잔 지 오래되었다는 사실을 깨달았다. 코끝이 매워왔다.

그래도 괜찮아요.

밑도 끝도 없는 말이었지만 그는 그렇게 말했고 나는 고개를 끄덕였다. 괜찮다는 말이 온 몸에 따뜻하게 퍼져갔다.

그만 돌아가야 할 시간이었다. 돌아오는 길에도 우리는 별다른 말을 하지 않았다. 그에 대해서 아무것도 아는 것이 없었고 그것은 그도 마찬가지였을 것이다. 그러나 출발할 때 느꼈던 서먹함이나 경계심은 더 이상 느끼지 않았다, 그것은 아마 별들의 힘일지도 몰랐다.

오늘 일은 오래 잊지 못할 거예요.
차에서 내리며 그가 말했고 나는 고작 의례적인 인사를 하는 것으로 그를 보냈다.

이것은 지상에 닿기 전에 궤도가 변하거나 또는 흐름이 완전히 소산된다. 그래서 관측된 이것들은 결국 얼마 지나지 않아 허공에서 소멸하게 된다.

한동안 나는 그 밤에 내가 본 것들에 대해 생각했다. 그럴 때면 난데없는 종소리처럼 가슴이 뛰었고 어디선가 벌판을 지나오는 바람소리를 느꼈다. 좀처럼 볼 수 없는 순간을 목도한 것이었지만 한편으로 생각하면 별 의미 없는 시간들이었다. 그저 삶을 흘러가다가 우연히 어느 모퉁이에서 바라보게 된 별처럼 잠깐 반짝거렸을 뿐이다. 그러나 나는 그 밤 이후에 일상의 사소한 시간들이 삶에 대한 실감과 애정과 에너지가 된다는 것을 알게 되었다. 또한 사랑은 그런 삶에 대한 은유였다.

그 밤에 내가 본 것은 33년을 주기로 태양을 도는 혜성들과 지구가 마주쳐 발생한 사건이었다. 또한 내가 별이라고 믿었던 그것들은 실은 혜성이 만든 먼지 띠들이었다. 그러나 그 밤에 내가 본 그것들은 별이었다. 별들은 나에게 상처라는 단어의 밑바닥에는 아름다움이 근거한다는 삶의 비밀을 알려주었다.

나는 아직도 가끔 별들이 떨어지는 그 벌판에 서 있는 꿈을 꾸곤 한다. 그날의 바람 소리와 풀들의 바삭거림, 그리고 나란히 선 우리들의 체온. 나는 11월의 어느 모퉁이에서 설렘을 만났다. 그것은 아마도 내가 지구에서 시작한 최초의 사랑이었다. 최후의 순간까지 반짝이다가 사라지고 나서도 여전히 아름다운.

그래서 우리는 이것을 언제나 별똥별이라고, 별이라고 부른다.

이 봄날이
참 환합니다

박 범 신

원고지를 꺼내 놓고, 이번 원고청탁을 끝까지 거절하지 못한 것을 여러 차례 후회했습니다. 공개된 지면에 쓰는 '연애편지'라니요. 말도 되지 않는 시도라는 걸 왜 처음엔 깊이 깨닫지 못했는지 발등을 찍고 싶은 심정이 되기도 했습니다. 연애는 격렬하면서도 눈물겨운 비의(秘意)로서 객관화가 불가능할 뿐 아니라, 공개하는 건 더욱 더 그 본질을 훼손하는 짓이기 때문입니다. 남이야 어쨌든 적어도 나는 그렇게 생각해왔고, 당신도 내 생각에 기꺼이 동의하리라 믿습니다.

'미안합니다.'

나는 지금 입 속으로 말하고 있습니다.

사랑하는 사람에겐 '미안하다'는 말을 쓰지 않는다는 통속적 경구를 모르는 게 아니지만, 그러나 이런 편지, 이런 회상, 이런 관념적 엉터리의 말들, 정말 부끄럽고 미안합니다. 당신에게 미안하고 독자에게 미안하고, 그리고 내 자신에게 부끄럽습니다. 스탕달은 말했습니다.

"살았다, 썼다, 사랑했다."

어떤 방송에 출연했을 때 사회자가 내게 당신의 인생을 한 문장으로 요약하면 어떤 문장이 되겠느냐고 질문했습니다. 스탕달의 묘비명이기도 한 이 문장이 그 순간 떠올랐습니다. 그는 매우 못생겼고 성격도 예민해서 사랑의 성취를 그다지 경험하지도 못한 사람입니다. 성취라니요, 사랑에 그런 불경한 어휘를 동원한 나의 천박함에 이 순간 진저리를 치면서, 그러나 어쩌면 그렇기 때문에, 그는 오히려 평생 열렬한 사랑 속에서 살았는지도 모릅니다. 감히 스탕달과 견주어도 괜찮을지 모르지만, 나 또한 그렇습니다. 나는 살았고, 오로지 썼고, 언제나 사랑의 열망이라는 뜨겁고 고통스럽고 황홀한 감옥 속에 갇혀 있었으며, 지금도 그렇습니다.

후회는 없습니다.

후회보다, 돌아보면 나는 축복의 시간 속을 매순간 가파르게 관

통해 왔습니다. 이 촘촘한 정보의 그물망 속에서, 정글의 야만적 법칙에 따른 치열한 경쟁심을 앞세워야 살아남을 수 있는 세상에서, 오로지 쓰고 사랑하며 살 수 있다는 건 그야말로 은혜가 아닐 수 없을 것입니다. 모든 시간이라 할 수는 없겠으나 많은 시간이 생생했고, 모든 공간이라 할 수는 없겠으나 많은 공간이 고정돼 있지 않았습니다. 당신과 함께했던 순간은 더욱 그랬지요. 당신과 만날 때마다 나는 언제나 감을 수 있을 때까지 감아 놓은 가파른 현(弦)과 같았습니다. 당신이 손끝만 내밀어도, 아니 당신이 눈빛만 보내도 내 온몸이 떨면서 음악 소리를 냈습니다. 낮은음자리에 실리는 넉넉하고 부드러운 소리는 사실 별로 내지 못했습니다. 그것이 지금 제일 가슴 아픈 회한으로 다가옵니다. 감미로운 것조차 격렬하면 고통이 됩니다. 나의 현들은 자주 비명을 질렀고 자주 불협화음을 냈고 또 자주 황홀한 고통으로 찢어졌습니다. 그리고 그것은 또한 그대로 당신에게 전이됐습니다.

나는 나를 버리고자 하면서도 나로부터 떠나지 못했습니다.

그래서 사랑한다는 것은 때로는 합쳐지는 게 아니라고 생각했고, 찰나적 환영이라 생각했습니다. 내 속에서 밤낮없이 꿈틀대며, 생살을 찢고 나오는, 늙지 않는 짐승 때문에 당신에게 우주적인 달콤한 사랑의 말 한번 변변히 전하지 못했습니다.

당신과 만날 때마다 나는 언제나 감을 수 있을 때까지
감아 놓은 가파른 현(弦)과 같았습니다.
당신이 손끝만 내밀어도, 아니 당신이 눈빛만 보내도
내 온몸이 떨면서 음악 소리를 냈습니다.
나의 현들은 자주 비명을 질렀고 자주 불협화음을 냈고
또 자주 황홀한 고통으로 찢어졌습니다.

박범신

나는 과연 당신을 사랑한 것일까요, 아니면 나를 더 사랑했던 것일까요.

그러니 당신, 부디 사랑의 이름으로 내가 당신에게 오히려 고통과 고독을 준 것을 용서해주시기 바랍니다. 소유의 욕망으로부터 비로소 자유로우니, 이제 바라는 건 그뿐입니다. 그리고 또 무엇보다 먼저 당신 자신을 또한 용서하십시오. 아시겠지요, 자신을 용서하지 않으면 타인도 용서할 수 없다는 것을요.

우리는 흘러갑니다.

흐르는 것은 시간이 아니라 바로 우리 자신입니다. 사랑으로 인해 불변의 금강석처럼 남아 있는 것은 사실 거의 없습니다. 그래도 시시각각 내 안에서 무엇인가 타고 있는 걸 봅니다. 허수아비 같은, 실재하지 않는 헛것들이 아직도 불타는 걸 지켜보고 견뎌내는 것은 고통스러운 일입니다. 누구는 그것을 그리움이라고도 하고, 또 누구는 그것을 열망이라고도 부릅니다. 그때, 그 순간이 과연 무엇의 시작이었는지 모호한 것처럼, 지금 이 순간이 무엇의 끝인지도 모르겠습니다. 끝과 시작은 시간의 관념을 하나의 직선 개념으로 보려는 습관에서 비롯된 것입니다. 그러나 존재의 비의적인 시간은 모눈종이 위의 단순한 직선이 아닙니다. 이제 나의 사랑을 그 수직선의 편협하고 오해투성이인 실재 공간에서 풀어놓고 싶

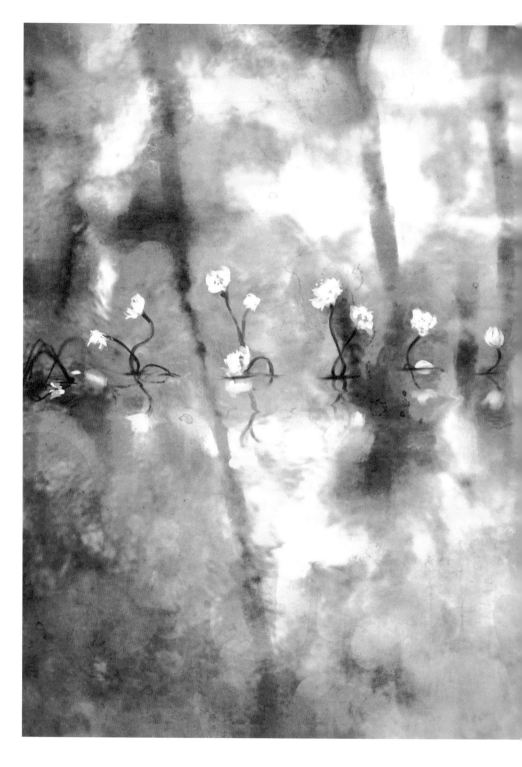

습니다. 당신도 내 생각에 동의해주시겠지요.

　다른 건 바라지 않겠습니다.

　늘 환하게 사십시오.

　봄꽃은 소월의 시에서처럼 '저만치'에서 황홀하게 터져 나오고 있습니다. 그 '봄꽃'과 우두커니 그것을 바라보고 서 있는 '나' 사이의 거리 따위는 그만 잊겠습니다. 지금 떠오르는 당신의 모습이 수십 년 전의 당신인 것도 같고, 엊그제 꿈속에서 만난 당신인 것도 같고, 또는 전생의 당신인 것도 같습니다. 부드러운 안개가 흘러가지만 '천 년 전부터' 거기 있었던 벚꽃 환한 그늘에 은신한 당신이 비로소 따뜻하고 넉넉하게 미소 짓고 있는 모습을 보니, 이 봄날이 참 환합니다.

가지 않은 길…들

서 하 진

그대의 흰 손

누군가를 이야기할 때 우리는 말한다. 그 사람 눈이 참 맑지. 그이는 목소리가 좋아, 노래를 아주 잘 부르지. 그 여자는 보기와 달리 사람 웃기는 재주가 있어. 걔는 사실 좀 성질이 못된 편이야, 뒤통수 치는 버릇이 있지, 조심해야 해… 등등.

그 남자, M을 생각하면 가늘고 긴 손가락이 먼저 떠오른다. 어느 아침, 나는 우연히 그를 만났다. 등굣길, 동대문쯤이었을까, 내가 타고 있던 버스에 그가 올라왔다. 나를 본 그가 어! 라고 했다. 그것이 인사의 전부였다. 내가 앉은 좌석 앞에 서서 한 손은 천장에 매달린 동그란 플라스틱 고리를 잡고 다른 한 손은 내 앞좌석의 등받이에 두고 가는 내내, 학교에 도착할 때까지 그는 입을 열지 않았다. 특별히 친한 편이 아니라 해도 같은 과에 다니는 처지였으므로 그 침묵이 어색하달 수도 있었을 테지만 전혀 그렇지 않았던 것, 그건 M이 본래 그런 사람인 때문이었다. 그는 좀 특이한 인간형이었다. 다정하고 세심했지만 때로 세상 어떤 일에도 관심이 없는 듯 초연한 척 구는 일이 그지없이 자연스러웠으며, 많은 것을 가졌음에도 그 어떤 것에도 집착하지 않았다. 규율이나 제도를 혐오하면서도 학군단에 지원해서 제복을 입고 다녔으며 길 가다 선배를 만나면 벼락처럼 고함을 지르며 경례를 올려붙였다. 친하지도 않았다면서 아는 척하는 까닭? 나라는 인간이 늘 내 주변의 모든 사람, 모든 일들을 조용히, 예각을 세우고 응시하는 타입인 때문이고… 또한 M에 대해 호감을 갖고 있었던 때문이다. 그날, 열 개 정도의 정거장을 지나던 그 시간, 나는 등받이 위에 놓인 M의 손가락들을 보고 또 보았다. 짧게 깎은 손톱, 투명한 반달이 떠 있던 여자처럼 예쁜 손톱을 보며 문득 그 손 위에 내 것을 포개고 싶은 충동이 일었다. 그 아침, 그런 일이 일어났는가? 물론 아니었다.

얼마가 지난 후 나는 M에게 후배 하나를 소개했다. 조용하고 착하고 예쁜 후배와 M은 금세 친해지고 금세 연인이 되었으며 서로의 학교를 오가고 집을 오가고… 어쩌면 결혼까지 가겠구나, 싶은 사이가 되었다. 친해진 이후에도 둘은 만나는 자리에 자주 나를 불러내곤 했으므로 나는 시샘하며, 혹은 시샘하는 척하며 그들이 나누는 이야기에 즐겨 끼어들고 함께 밥을 먹고 술을 마셨다. 나는 진정으로 그 시간들을 사랑했다. 후배와 함께 있는 M은 행복해 보였으며 그 아이 역시 그러해 보였으므로 나 또한 행복했다. 둘이 결혼한다면, 두 사람을 평생 가까이에서 볼 수 있겠구나…행복한 상상이 긴장을 풀어지게 해서였을까, 두 사람과 만나는 날이면 나는 여느 때 없이 다변이 되고 자주 웃었다.

　M이 입대하고 후배는 멀고 먼 길을 따라 그를 면회하러 다녔다. 학군단 출신이었으므로 그는 장교로 입대했는데, 그럼에도 불구하고 M의 군 생활은 녹록치 않은 듯했다. 어느 가을, 이른 시각에 나는 후배의 전화를 받았다. M을 보러 가는 길에 동행해주지 않겠는가, 후배는 물었다. 언니가 한번 보세요, 그 사람이 좀 이상해진 것 같아, 후배의 목소리에는 짙은 상심이 깔려 있었다. 기차를 타고, 버스를 타고, 얼마간을 걸어서 우리는 M을 만나러 갔다. 위병소에서 기다리는 시간, 어쩐 까닭인지 나는 M을 보기가 두려웠는데 그가 나타나고, 그의 눈을 본 순간 나는 알았다. 그가 달라졌다

는 것. 그의 눈빛, 조용하고 맑던 그 눈은 마치 취한 듯 번득이고 있었다. 그 눈에 담긴 것, 그건 살기였다.

어, 언니도 왔네, M은 그렇게만 말했다. 후배를 좇아 나를 언니라 부른 적이 없지 않았지만 어쩐지 그 어투는 편안하지 않았다. 왜? 내가 무섭니? 혼자 오기 겁나더냐? 묻는 것만 같았다. 실제로 M의 눈은 무서웠다. 한 시간쯤, 우리는 의미 없는 이야기들을 나누었다. 통닭을 뜯는 사병, 무언가 끊임없이 당부하는 어머니, 왁자하게 웃는 남자들… 위병소는 소란하고 어지러웠다. 망설이는 후배를 두고 나는 먼저 그곳을 나왔다. 자꾸 눈총 주니 치사해서 더 있겠냐, 우스개를 남기고서.

홀로 돌아가는 길은 그지없이 쓸쓸했다. 고개를 넘을 때, 버스가 기울고 몸이 쏠릴 때, 떨어질 듯 아슬아슬한 벼랑을 지날 때마다 나는 울었다. 왜인지, 어째서 그랬는지, 그저 눈물이 흘렀다. 틀어 막힌 듯 가슴이 아팠다. 나로서는 짐작도 할 수 없는 가혹한 어떤 일이 M에게 일어났다는 걸 나는 알았다. M의 눈, 깊은 어둠에 잠긴 듯하던, 갇힌 짐승처럼 불안해 보이던 그 눈이 내내 뇌리를 떠나지 않았다.

그해 겨울, 후배는 M에게 이별을 통고했다. 특별 휴가를 나온 M이 귀대를 미루고 미루며 애원하고 달래고 탈영이라도 하겠다,

서하진

그 귀여운 남자는 단 한 번도,
누구에게도 거절당해본
경험이 없는 사람이었던 거였다.
그에게 죄가 있었던 게 아니었다.
잘못이라면 단지 기다림의 의미도 모르면서
기다리는 여자친구에게
덧없음을 가르치는 노래를 선물한 것…뿐.

협박했지만 후배의 결심을 바꾸지는 못했다. M의 부탁을 받고 후배를 만났을 때 그 애는 울면서 말했다. 언니, 나는 그 사람이랑 있으면 불안해. 그 사람은 본래 생활인이 아니었어요, 아무런 것에도 매이지 않고 아무것도 절박한 게 없는 사람이었어요. 나는 그것도 불안했는데 지금은, 지금은 그보다 더 나빠요. 그 사람은 너무 큰 상처를 받았어요. 나는 그걸 안을 자신이 없어요… 어느 즈음 나는 후배를 설득하기를 포기했다. 그 애가 한 말, 언니는 정말 몰랐어요? 그 사람이 왜 늘 언니를 불러냈는지… 때문에.

나는 그 애에게 말했다. 알았다, 그만 하자. 탈영을 하든 자살을 하든지 인생이니 알아서 하게 버려두자… 니가 나를 아주 바보로 만드는구나. 그렇게까지 생각해야 네 마음이 편해진다면, 그렇게 해서라도 덜어내야 할 만큼 무거운 짐이라면 더 이상 어쩌겠니….

탈영하지 않고 죽지도 않고 군 생활을 마친 M은 전역하자마자 미국으로 떠났다. M이 속한 군대가 어쩌면 북파 공작원과 관련이 있었던 것일까, 하는 짐작이 든 것은 실미도라는 영화가 나온 후였다. 그가 띄엄띄엄 전해주었던 이야기들, 혹독하기가 거짓말 같았던 그 일화들이 영화와 너무도 비슷했던 때문이었다. 그가 떠나고 나서 얼마 지나지 않아 후배는 M처럼 착하고 M과 달리 성실한 남자를 만나 결혼했다. 이따금 나는 후배의 집을 찾고 그 애가 차려준 밥을 먹고 아이들, 공부시키기의 어려움, 남편 흉…을 나누고 돌아온다. 나는 그 애에게 M의 이야기를 하지 않는다. 결혼 초 미국에서 그를 만났다는, 내가 살던 집으로 그가 찾아왔었다는, 막 첫 아이를 낳았던 나는 그에게 아이를 안겨두고 기저귀를 개고 있었다는, 젖병 소독을 마치고 돌아서자 그가 어느 결에 가버렸다는, 여섯 시간을 달려와서 인사조차하지 않고 돌아간 그를, 그가 사라진 빈 길을 우두커니 지키고 있었다는, 귀국하는 날 LA 공항에 배웅 나온 그가 남편과 악수를 나누었다는, 그 손을 오래오래 보고 있었다는…그런 이야기들을 결코 하지 않는다. 언젠가는 M을 다시 만날 날이 올 것이라는 내 예감도 물론 말하지 않는다….

노래하는 의미도 모르면서

그는 나와 같은 대학의 의학과 재학생이었다. 우리는 뺑뺑이로 고등학교를 배정받은 세대였지만 그는 입시를 치르는 명문고로 남아 있던 대전의 한 고등학교 출신이었으며 그는 그에 대해 상당한 자부심을 갖고 있었다. 공부 잘하는 모범생, 장래가 보장된 학과. 착하고 건실한 외동아들, 아버지가 어떤 기관의 장을 맡고 있었으니 그라는 사람은 장차 결혼정보회사에서 탐을 낼 만한 인물이었다. 그를 내게 소개한 언니는 말했다. 우리 동아리에서도 그만한 애는 드물어. 잘난 척 안 하고 콤플렉스 없고, 생긴 것도 귀엽잖아.

그, 생긴 것도 귀여운 남자를 만났을 때는 바야흐로 축제 기간이었다. 안 입던 치마와 하늘거리는 블라우스를 차려입은 나와 양복 차림의 그는 어정쩡한 거리를 두고 교내 이곳저곳을 돌아다녔다. 대운동장 쪽에서는 체육대회가, 크라운관에서는 음악회가, 노천극장에서는 풍물시장이, 그밖에도 셀 수 없는 행사가 진행 중이었으므로 우리가 갈 수 있는 곳은 지천이었다. 좌판 앞을 지나고 물풍선 던지기, 사과 빨리 깎기 따위의 놀이에 끼어들고 경품으로 인형을 타고⋯ 환경이 그러했으므로 그와의 시작은 매우 자연스러웠다. 그의 집은 서교동, 우리 집과는 골목 하나 거리여서 그와 나는 자주 버스 정류장에서 마주쳤다.

어느 날 그가 제안했다. 매일 아침 정류장에서 만나자. 한 시간 이상 같이 있을 수 있지 않은가. 나, 대단한 생각을 했지? 라는 듯 그의 눈이 반짝였다. 의과대학이라는 곳은 시험, 시험, 시험의 연속이었으므로 시간 내기가 용이하지 않은 그와 나의 데이트는 그렇게 진행되었다.

학교 앞 어느 레스토랑을 만남의 장소로 정해 두고서 특별한 일이 없는 한 먼저 시간이 난 사람, 수업을 먼저 마친 사람이 기다리고, 그리고 함께 집으로 오자는 제의를 한 것도 그였다. 휴강이 잦은 시절이었으며 휴강하지 않는 선생님들을 졸라 술자리로 직행하는 일이 드물지 않은 학과를 다니고 있었으니 기다리는 건 언제나 내 쪽이었다. 삼십 분, 한 시간, 때로 갑작스런 퀴즈를 치르는 날이면 두 시간 쯤⋯ 헐레벌떡 달려온 그는 많이 기다렸지? 지루했지? 물었다. 아니, 그렇지 않다, 뭐 이런저런 할 일이 있었다, 시험은 잘 봤는가⋯나는 얌전하고 착하게 대답했다. 그는 돈가스나 햄버그스테이크 같은 것이 모둠으로 나오는, 그 시절 양식집의 대표적 메뉴를 시키고 우리는 마치 일과를 마치고 집에 돌아온 사람들처럼 느긋하게 그것들을 먹었다. 우리의 시간은 그처럼 평범하고 일상적이고 심심하고⋯ 그만큼 평화로웠다.

그를 기다리는 일이 지루하지 않았다는 건 거짓이 아니었다. 침침한 불빛 아래서 책을 읽고 흘러나오는 팝송을 따라 부르고 아주 가끔은 과제물을 작성하면서 나는 그를 기다렸다. 오리라는 걸 알고 있었으니 늦거나 빠르거나, 그건 별 문제가 되지 않는다, 고 나는 생각했으며 아주 가끔씩 저물도록 그가 나타나지 않을 때라도 아, 시험을 잘 못 봤구나, 보충에 걸렸구나, 짐작했을 뿐 그다지 화가 나지 않았던 것⋯ 생각해보면 우리의 문제는 거기에 있었는지도 몰랐다. 그에게 쪽지를 남기고 돌아오면 그날이 가기 전에 그로부터 전화가 걸려왔다. 그는 미안해하고, 사과하고, 내일 꼭 맛있는 걸 사겠다, 다짐을 하고, 그리고 오늘 시험이 얼마나 힘들었는가 길게 이야기했다.

미안하다는 전화를 한 다음날이면 그는 약속대로 저녁을 사고 내게 선물을 내밀었다. 장갑, 필기도구, 책⋯ 같은 건전한 선물을. 그가 가장 즐겨 내게 건넨 선물은 송창식이나 양희은, 'You light up my life, Woman in love' 같은 당시 유행하던 팝송들을 앞뒤 빼곡히 녹음한 테이프였다. 더블데크의 양쪽에 테이프를 넣고 선곡을 하고 적절한 시간에 끊고 잇기를 반복해서 녹음을 해야 하는, 상당한 시간을 들여 만든 것들이었다. 깨알 같은 글씨로 적혀 있던 노래 제목들⋯ 때로 나는 그를 기다리는 동안 주인에게 부탁해서 그의 테이프, 세상에 단 하나뿐인 테이프에 담긴 노래들을 들었다.

새는, 노래하는 의미도 모르면서 자꾸만 노래를 한다⋯ 어느 하루, 송창식의 노래를 듣다 말고 나는 알 수 없는 무력감에 사로잡혔다. 나는 왜 그를 기다리는가⋯ 그가 올 것이므로. 오지 않는다면? 그렇다면 혼자 집에 가면 되는 것이지⋯ 그 생각은 참으로 느닷없고도 허무했다. 언니가 소개했으므로 만나고 그가 제안했으므로 아침의 정류장에서 만나고 그리고 약속을 했으므로 그를 기다린다… 그처럼 간단했다, 그와의 만남이라는 것이.

그 일주일쯤 후 그는 집으로 나를 초대했다. 일요일, 부모님이 어딘가 여행을 갔으며 대신 결혼한 누나가 집에 온다는 거였다. 명문대를 나온 방송국 아나운서 출신, 누나에 대한 그의 자부심도 대단했으므로 누나가 오는 날 나를 초대한다는 건 좀 특별한 의미라 할 수 있었다. 고민을 하지 않은 건 아니었으나 나는 그의 집으로 가서 그의 누나와 인사를 나누고 그녀가 만들어준 흰 스프를 먹었다.

그의 방, 두꺼운 원서들이 가득한 서가와 격자무늬 커버가 깔린 침대와 은은한 빛의 책상과… 그 흠잡을 데 없는 방을 나는 한동안 바라보며 앉아 있었다. 커피가 담긴 두 개의 잔을 들고 들어온 그가 책상 위에 찻잔을 내려놓고 향이 좋지 않은가, 누나가 사온 커피다, 여느 것과는 다른 품종이다, 라고 말했다. 과연 커피의 향은 은은하고 품위 있었지만 나는 그것을 마시지 않았다. 빛이 바래가는 정원, 잔디를 내려다보는 내게 그가 예전에 키우던 개 이야기를 꺼냈을 때 나는 불쑥 말했다. 우리 이제 그만 만나요.

그는 눈을 동그랗게 뜨고 나를 바라보았다. 이건 무슨 장난인가, 하는 표정이다가, 아니 대체 무슨 일이, 하는 듯 미간을 찡그리다가 숨을 멈춘 듯 창백해지다가… 그러나, 그러나, 끝내 그는 입

을 열지 않았다. 이유를 묻거나 돌이킬 수 있는 방법이 있는가 묻거나… 그러지 않았다. 그는 그저 골똘히, 생각에 잠긴 표정으로, 조금쯤 상처 입은 듯 슬픈 눈으로 나를 바라보고만 있었다. 가방을 들고 문을 열고 그 문을 닫을 때까지 그의 침묵은 이어졌으며 그는 나를 따라 나오지 않았다. 2년이 넘어 이어진 만남이 단 한마디로 끝을 맺을 것인가, 혹 전화를 건다면 혹 내 집에 찾아온다면 어쩔 것인가, 생각했지만 그건 내 기우에 불과했다. 그는 아무런 행동도, 어떤 연락도 취하지 않았다. 그 이별은 그처럼 간단하고 심지어 평화로웠다.

그 귀여운 남자는 단 한 번도, 누구에게도 거절당해본 경험이 없는 사람이었던 거였다. 그에게 죄가 있었던 게 아니었다. 잘못이라면 단지 기다림의 의미도 모르면서 기다리는 여자친구에게 덧없음을 가르치는 노래를 선물한 것…뿐.

어둠 속에 벨이 울릴 때

그 남자를 아느냐, 묻는 전화를 거는 그의 아내, 그 여자의 이름을 나는 알고 있었다. 물론 그 남자를 통해서. 그, K는 대학원 시절 친구의 친구들과 만나 어울렸던 사람이었다. 아내의 이름을 알려주면서 K는 말했다. 운명이라는 느낌이 들었어요.

그런데 그 아내가 내게 묻는 거였다, 너 내 남편을 만난 적이 있느냐, 최근에? 나는 말했다. 아니, 그렇지 않다, 나는 바쁜 사람이다, 왜 일 없이 남의 남편을 만나겠느냐. 그 여자의 말은 이랬다. 남편과 싸우고 좀 혼내줄 생각으로 집을 나갔다. 와서 보니 여자가 다녀간 흔적이 있었다, 내가 아는 남편의 결혼 전 여자는 너뿐이다. 학교에 전화를 해서 네 연락처를 알았다, 아니라 하니… 다행이긴 하지만 이상하다….

나는 차분하게 말했다. 결혼 전 여자라 할 만한 사이가 아니었다, 혹 그랬다 하더라도 나는 아내 없는 남자의 집에 갈 만큼 경우 없고 정신 사납게 사는 사람이 아니다. 그 여자는 포기하지 않고 물었다. 그렇다면, 내가 모르는 다른 여자가 있는가, 너는 뭘 좀 알고 있지 않은가… 지금의 나라면 그쯤에서 아, 그건 알아서 하시고 나는 바빠서 이만, 하고 전화를 끊었을 것이다. 그때의 나, 서른 초반의 나는 아직 마음이 여린 편이었으며 무엇보다 호기심이 살아 있었다. 왜? 무엇 때문에 여자가 왔다는 확신을 한다는 건가, 나는 물었으며 통화는 좀 더 이어지고 이어지다 결국 그 여자가 내 집 앞에 찾아오기에 이르렀으며 우리는 만나고야 말았다.

그 여자는 생각했던 것보다 더 어리고 귀여운 인상이었다. 동그

랗고 통통한 얼굴에 베레모가 썩 어울렸다. 그림을 그린다던가, 배우던가, 커다란 파일 판 같은 것을 들고 있어 주부라기보다 미술대학 대학원생 같은 느낌이었다. 그 여자는 내게 K가 얼마나 많은 술을 마시는지, K가 얼마나 자주 친구들을 만나는지를 이야기했다. 나도 알고 있는 사실이었다. K가 어떻게 엄청난 사업들을 벌이고 접는지는 처음 듣는 얘기였지만 그다지 관심이 가지 않는 일이었다. 나는 적게 말하고 많이 들었다. 화가 난 것은 그 여자였으므로. 자칫 K와 내가 상당한 사이였다는 생각을 되씹게 할까 염려되었으므로.

차 한잔을 나누고 오후가 되었다. 그 여자와 나, 모두 아이가 유치원에서 돌아올 시각이었다. 우리는 친구처럼 웃으며 헤어졌다. 그 여자는 말했다, 만나서 반가웠다, 그렇지만 다시 만날 일 없기를 바란다. 그건 내가 할 소리다, 라고 나는 말하지 않았다. 어쩐지 나는 그 여자가 남처럼 여겨지지 않았다. 동생 같고 친구 같았다. 나는 조금 흥분해 있었다. 어떤 여자가 남편의 옛 여자라며 나를 찾아오다니… 일찍이 상상한 적 없는 일이 내게 일어난 거였다.

나는 내 상상을 좀 더 키워보기로 했다. 그가 연락을 해 온다. 내 집에서 차 한잔하자고 청한다. 물론 나는 가지 않겠다고 말한다. 그러나 내 안에는 욕망이 있고 알지 못하는 어느 순간 나는 그와 동행한다. 그의 집에서 나는 충동적으로 내가 왔었음을 알리는 어떤 흔적을 남긴다. 왜냐하면 나는 그곳에 갔었다는 사실을 스스로 부인하리라는 것을 잘 알고 있으므로… 말이 되는가? 어쨌거나… 나는 그 이야기로 소설을 만들었다. 그리고 그해 여름, 그 소설로 작가가 되었다. 내 등단작을 탄생하게 해준, 나는 그 여자에게 빚이 있는 셈이다. K에게 역시.

한밤에 전화벨이 울릴 때면 나는 아직도 그 여자를 떠올린다. 조심스럽게, 그러나 단호하게 묻던 그 음성. 내 남편을 만난 적이 있나요… 내 집에 온 적이 있나요… 짜릿하지 않은가.

그리고 가지 않은 길들

T에게 나는 말했다. 사랑에 대해서라면, 별반 아는 것도, 얘기 할 것도 없다. 그는 내 말을 믿는 것 같지 않았다. 얘기할 수 없는 것들만 있다는 거냐? 반문했다. 바로 그거죠. 잘 아시네요. 나는 그렇게 말했다. 진짜 없다니깐요, 해봤자 스타일만 구길 뿐이니.

T의 조언은 이랬다. 하지 않은 일에 대해 써보면 어때? 그것도 재미있을 것 같은데?

그래서… 그리하여 결국 나는 쓰고야 말았다. 내가 가지 않았던 그 길들에 대해서… 시인은 말했다. 가지 않은 길은 아름답다고, 언젠가를 위해 그 길을 남겨두었노라고. 내가 가지 않았던 그 길들은 아름다웠을까? 그 길을 갔다면 나는 지금과 달라졌을까? 알 수 없는 일이지만, 나는 그 길들을 아쉬워하지는 않는다. 나라는 사람, 본래 후회는 안 하는 편이라서… 일어나지 않은 일도 일어난 일에 못지않은 의미가 있다는 주의이므로… 노랫말처럼 내 속에 내가 너무도 많은 사람이라서….

끝내 T에게도 하지 않은 말이 있으니 내게도 로망이 있노라는 것, 언젠가는 내 생애의 남자들, 이라는 타이틀의 책을 내고 싶다는….

1991년 겨울 프롤로그

이렇게 나란히 앉아 있는 거 오랜만이네. 대체 얼마만인지 모르겠어. 그렇지? 벌써 입추도 지나고 추석이 낼모렌데 아직도 한여름처럼 더우니 이제 사계절이 아니라 이계절이 됐단 말이 정말인가봐. 여기, 아니 거기 말고 이쪽으로 발을 뻗어봐. 더위가 단번에 싹 가시는 거 같아. 조금만 있으면 발이 시릴걸.

　하늘 좀 봐. 구름 하나 없고 쨍한 게 꼭 그림 같지? 세상이 온통 햇빛뿐이네. 햇살이 눈부시다 못해 이건 숫제 원래는 하얬는데 오래돼 색이 바랜 흰 천 같아. 너무 가물고 더우니까 먹구름이 그립네. 그렇지 않아? 온 하늘이 깜깜하도록 구름이 꼈으면 좋겠어. 그래서 시원하게 비가 쏟아지면 좋을 텐데.

생각 나? 우리 처음 만났던 날…. 그날도 하늘이 그랬잖아. 쨍하니 맑았다가 갑자기 어두워진 하늘 말야. 그러니까… 그게 벌써 이십 년 가까운 옛날 일이 돼버렸네. 내가 아직 십대였던 마지막 해였어. 1991년. 겨울.

그때 내게 건넨 첫마디가 이랬잖아. '하늘이 캄캄하네요. 꼭 뭐라도 곧 쏟아질 거 같죠? 좀 전까진 하늘빛이 아주 환했는데….'라고 말야. 난 그냥 '그러네요. 비라도 올 건가…' 라고 대답했지. 그랬더니 한참이나 아무 말 안 했었잖아. 난 속으로 저 사람이 기분 나쁜 거라도 있나? 아님 나 땜에 빈정상했나? 생각했지. 지금 다시 떠올려보니까 내 말이 대화를 계속 하자는 건지, 속으로 혼자 중얼거리는 거였는지 잘 모르게 시원찮은 대답이었네. 그러니 내게 뭐라 더 이상 말을 붙이기도 쉽지 않았겠어. 이해해.

아냐. 난 아직 괜찮아. 좀 더 물에 발 담그고 있을래. 발이 좀 시리긴 한데 온몸이 짜릿한 게 아주 좋은데? 자, 여기, 수건. 그러고 나서 우리 서로 아무 말 없이 얼마나 있은 거지? 그때 말야, 그 겨울. 아무 말도 없이 멀뚱하니 하늘만 쳐다보고 있는 사람한테 내가 불쑥 그랬잖아. '어떻게 살아야 좋은 건지 잘 모르겠어요.'

기억나지? 왜 그랬나 몰라. 처음 보는 남자한테 한다는 말이 고작, 어떻게 살아야 할지 모르겠다니. 그런데 별로 당황하는 기색도 안 보이더라. 그러고는 나한테 뭐라 뭐라 말했잖아. 그때도 굉장히 실망했던 기억이 나. 아무리 실없는 소리였대도 그렇지. 내가 그렇게 물었는데 돌아온 말이라곤 엉뚱하게 겨울 동물원에 가봤느냐는 둥, 동물원은 역시 아무도 찾아오지 않는 겨울에 가야 제맛이라는 둥, 이상한 말들이 전부였으니. 그러면서 씩 웃었잖아. 왜 그랬어?

　말 안 해도 괜찮아. 하긴, 황당했겠지. 내가 또 아무 대답도 없으니까 그냥 찻잔만 만지작거리고 있었지. 둘 다 무지 어색했나봐. 그때 창밖에 눈이 내리기 시작했어. 비가 아니라 눈. 첫눈이었지. 내가 '어, 선배. 눈이 와요.' 그러니까, 아! 그땐 참 내가 선배라고 불렀었지. 오랜만에 다시 선배라고 불러볼까? 어때? 선배? 웃기는…. 암튼 눈 오는 걸 보고는 선배가 그랬지. '정말, 많이 오는데?' 이제 와서 고백하자면, 실은 난 그때 첫눈답지 않게 펑펑 쏟아지고 있는 굵은 눈송이보다 찻잔을 만지작거리고 있던 선배의 손을 보고 있었어. 그리고 속으로 중얼거렸지. 무슨 남자가 손이 저렇게 예쁠까. 손가락은 또 어떻고…. 길고 가늘고 하얀 손가락의 움직임이 어찌나 섬세하던지 난 테이블 위에서 꼬물거리고 있던 내 손을 슬그머니 테이블 밑으로 내려버렸지. 그때 선배 얼굴이 어땠었는지는 기억 안 나는데 손가락 움직임은 지금도 생생하게 기억할 수 있어. 맹세하는데, 난 아직까지 그렇게 우아한 손놀림은 본 적이 없으니까. 부드럽고 느리면서 마치 날 조롱하는 듯 당당하던 그 움직임 말야.

지금은 무슨 일 때문이었는지 잊었는데 그날, 우리는 같은 학교 선후배 사이로 처음 만났지. 나는 대학생활을 시작한 지 일 년이 다 돼서도 여전히 학교에 적응하지 못하고 있을 때였어. 1991년 겨울이었고, 그해는 유독 많은 일들이 있었지.

그해 봄, 대학에 들어가자마자 나는 영문도 모른 채 파업부터 시작했어. 제대로 된 수업이라곤 해보지도 못하고, 대학에 들어가서 처음 배운 게 집회에 참석해서 지휘부에 동조하는 방법이었지. 파업 찬반투표 같은 걸 했었는지 어쨌는지 기억도 나지 않지만, 했었어도 무조건 선배들의 의견에 따를 수밖에 없는 분위기였잖아. 여기저기서 정권에 반대하는 시위들이 이어졌고, 또 연일 분신으로 스스로 죽음을 택한 사람들이 생겨났고, 혹은 시위에 참여했다 깔려 죽기도 하고, 경찰의 강경 진압에 맞아 죽기도 하고. 그야말로 숨조차 제대로 쉴 수 없는 상황이었지. '꽃병(그때는 화염병을 그렇게 불렀었지)특별단속기간'이라는 이상한 처벌 조항 때문에, 영문도 모르고 선배의 부탁으로 가방에 화염병을 넣어 가지고 가던

217

김이은

때론 시간이 끌어당기는 바람에
사지를 내맘대로 움직이지 못하기도 했고,
또 때론 충분히 공기가 채워지지 않은 열기구에 올라탔다가
그대로 땅으로 곤두박질 친 거 같은 기분이 들 때도 있었고.
그러면서 견디고 채워 온 시간들.
그 어느 구석을 들여다보고,
그 어느 갈피를 들춰봐도 선배가 없는 곳이 없어.
그것들이 쌓이고 쌓여 이젠 선배가 내 시간이 되었어.
선배 없이는 내 시간도 없어지는 거지.

동기 하나가 구속돼서 실형을 살았고, 학교마다 열사들이 넘쳐 나고 있었지.

나는 뭐가 뭔지 도통 알 수가 없었어. 그때까지 사는 동안 늘 학교 안에서 듣던 말들과는 너무 다른 얘기들을 들었고, 옳고 그름에 대한 기준도 마구 헝클어져 버렸어. 매일 반복되는 집회와 시위에 적극적으로 참여했던 것도 아니고, 그렇다고 물러나 있자니 그것도 내 속의 뭔가가 허락하지 않았었고.

그렇게 1991년 상반기가 지나고 나서 하반기가 되니까 또 다른 폭풍이 몰아닥쳤지. 엑스 세대니 뭐니 하면서 우리 또래들을 두고 신인류의 출현이라고 말하는 거야. 디지털 시대의 선두주자라고 말하면서 말이지. 하지만, 나는 디지털은커녕, 컴퓨터 워드 하나 다루는 데도 무능했고, 뭘 애써서 주장하고 싶지도 않았고, 심지어 나 자신이 누군지도 잘 몰랐었어. 그렇다고 386세대도 아니었으니, 그야말로 나는 말하자면, 아날로그도 아닐 뿐더러 디지털도 아니고, 386과 엑스세대 중 어느 편에도 속하지 못하고 그저 방황하면서 어정쩡하게 여기저기 떠다니고 있다고 느꼈었지. 나는 살아 있는 것 자체가 힘들었으니까. 그래서 난 그때 더 살아야 할 것인지 말아야 할 건지에 대해 구체적으로, 아주 심각하게 고민하고 있었어. 그런 때 선배를 만났던 거지. 그래서 그런 말도 했겠지. '어떻게 살면 좋겠느냐'고 말야. 지금 생각하니까 좀 우습다.

아무튼, 우린 그 겨울 동안 거의 매일 만났었지. 무슨 일 때문이 었는지는 다 잊어버렸지만 말야. 만나서는 뭐, 별로 한 일도 없었던 것 같고. 그러다 두 달쯤 지났을 무렵이었을 거야. 그 무렵 나는 정릉에 있는 한 탁아소에 다니면서 아이들 돌보는 일을 했었는데, 어느 날인가 선배가 나를 마중 나온 일이 있었지.

탁아소에서 다시 학교로 돌아오는 중이었던 거 같아. 지금과 다르게 그때 겨울은 너무 추웠고 나는 장갑도 끼지 않은 손으로 가방이며 책들을 잔뜩 들고 오느라 손이 빨갛게 얼어 있었어. 학교로 향하는 언덕길을 간신히 걷고 있었는데 선배가 나타나서 내 가방과 책을 한 손에 번쩍 들고는 나머지 한 손으로 내 손을 잡아끌어다 선배 외투 주머니에 넣었어. 아무 말도 없이 씽긋 웃으면서 말야. 우린 또 그렇게 시작했었지.

내겐 첫사랑이었어. 선배를 만날 때마다 내가 예쁜지 어떤지가 궁금했고, 또 하루 온종일 내가 말 한마디 하지 않아도 불평 없이 혼자 떠들어대는 선배가 의아했고, 누군가를 그렇게 매일 만나도 질리지 않는다는 게 신기했고, 또 생각했던 것보다 훨씬 더 많은 시간이 필요한 게 사랑이란 걸 알고 당황하기도 했지. 우리는 정말 거의 매일 만났었잖아. 내가 무슨 일이 있을라치면 선배는 기다려주고, 마중 나오고, 늦은 밤이어도 상관없이 날 보러 오고…. 그랬었어. 지금 생각해보면 선배는 곧 헤어져야 한다는 걸 알고 있었기 때문에 시간이 아까웠던 거겠지. 난 정말 까마득히 모르고 있던 일이었으니까.

정확히 이주일 후 선배는 군대에 들어갔지. 일주일 전에야 그걸 내게 말했었고. 내가 슬퍼했었나? 그건 기억 안 난다. 난 그냥 덤덤하게 선배를 보냈던 거 같은데. 선배는 가면서 내게 어릴 적 어머니가 주신 걸 끼고 있었던 거라며 샛노란 순금 반지를 빼주었어. 그러니까 우리가 처음 만난 지 두 달 이주일이 지난 때였지. 내게 반지를 주면서 선배는 다시 돌아올 때까지 맡아 달라고 했지. 반지를 건네는 것이 뭘 의미하는 건지 알았더라도 내가 그렇게 덥석 받을 수 있었을까. 난 마치 나보다 한참 윗사람이 내게 뭔가 아주 중요한 임무를 맡긴 것처럼 우쭐해져서는 잘 보관해 두겠다고 약속했었지. 난 너무 어렸고, 여전히 헤매고 있었고, 선배한테 주눅 들어 있었으니까.

이제 점점 추워지는데? 바로 저쪽엔 폭발할 것처럼 햇볕이 뜨거운데 말야. 더위 쫓는 데는 숲속 계곡만 한 게 없지? 아까 여기 쌍

계사 들어오는 길에 좋은 식당을 하나 봐뒀어. 오래도록 잊고 있었던 옛날 얘기를 하는 데 축배 한잔이 빠질 수 있나. 뜨끈한 재첩국에 은어 튀김 안주로 소주 한잔 하는 거 좋지? 선배라고 부르니까 이상해? 너무 오랜만이라 어색하지? 오랜만에 어색한 것도 괜찮은데? 우린 그동안 너무 익숙했으니까. 안 그래, 선배?

선배가 없는 동안 나는 시간을 따라 흘러갔어. 뭘 해야겠다는 생각도 없었고 이러다 어떻게 될지에 대한 불안감 같은 것도 없었어. 낙관도 비관도 없는, 흐르지만 흐르지 않는 시간을 그냥 지켜보고 있었지. 그러느라 내 눈은 늘 허공 한가운데 있었고, 나는 내 안에 잔뜩 웅크린 채 점점 더 굳어가고만 있었지. 그렇게 나한테 푹 빠져 있었으니 짧은 사랑 끝에 갑자기 닥쳐온 이별인데도 슬퍼할 겨를조차 없었겠지. 처음 얼마 동안은 연락을 기다리기도 했던 거 같아. 그러다 차츰 선배의 존재를 잊어가고 있었어. 그럴 만도 했지. 반지만 한 개 덜렁 남겨두고 간 사람이 일 년이 넘도록 아무 소식도 없었으니까.

왜 그랬어? 난 군화 거꾸로 신은 거라고 생각했지. 기껏해야 만난 게 두 달쯤밖에 되지 않았고 그나마 연인 사이로 지낸 시간을 따져보면 나를 잊었대도 별로 억울할 것도 없는 짧은 시간이었으니까. 정말 그랬던 거 아냐? 막상 나랑 떨어져 있으니까 내가 어떤 여자인지 새삼 깨닫게 돼서는 부담스럽고 당황해서 차라리 헤어지는 게 낫겠다… 그렇게 생각한 거… 아니야? 그랬대도 상관없어. 이해해. 사실 난 선배가 그렇게 영영 연락을 끊었대도 어떤 원망도 하지 않았을 테니까.

그렇게 계절이 한바퀴 돌아서 다시 겨울이 되었을 때 선배에게서 편지가 왔지. 내게 보낸 첫 번째 편지에서 선배는 매일 편지를 받고 싶다고 썼어. 난 그렇게 했지. 정작 선배한테 면회 한 번 가지 않았지만, 선배가 돌아올 때까지 나는 매일 선배한테 편지를 쓰고 또 부쳤지. 처음에는 별로 할 일도 없고 시간도 많은데 그게 뭐 어려운 일이겠느냐는 생각이었는데, 언젠가부터 그게 나 자신에게 말을 거는 유일한 방법이 되었더라구. 그래서 장난처럼 시작한 일을 정말 일 년 반 동안 계속하게 된 거지.

생각 나? 그 오대산… 언젠가 선배가 휴가 나왔을 때 같이 여행 가자고 했었잖아. 다시 시간의 바퀴가 돌고 돌아 두 번째 가을이 왔다가 천천히 무릎걸음으로 사라지고 있던 때였어. 시린 겨울바람이 맨살로 드러난 가을의 뒷덜미를 낚아채고 있었지. 낙엽도 다 떨어지고 오가는 사람도 거의 없어서 민박집에 우리 말곤 묵는 여행객도 없었어. 그 밤에, 우리가 함께 처음 밤을 보냈던 그날, 난 아픔인지 쓸쓸함인지 뭔지 모를 감정에 빠져서는 한참이나 뒤척

223

이다가 이내 산책을 나갔었지. 달빛이 참 밝았어. 계곡물에 낮게 퍼진 물안개도 보일 만큼. 물속에 발을 담그고 있는데 정말 구름 위에 떠 있는 기분이었다니까. 그때 선배가 불쑥 그랬지. '우리 결혼하자.' 난 그 말이 무슨 뜻인지도 모르고 그저 이렇게 대답했지. '날 뭘 믿고?' 선배는 그냥, 웃었어.

선배도 알다시피 난 그 때 폐결핵을 앓고 있었고, 독한 약 때문에 생긴 원형 탈모증으로 우스운 꼴을 하고 있었던 데다 늘 힘이 없어 팔다리를 건들건들 흔들고 다녔으니까. 게다가 나도 날 믿지 못하고 날 알지도 못했었으니까. 그런데 선배는 아랑곳없이 나랑 키스하고 나랑 밤을 보내고. 처녀를 선배에게 주었는데도 난, 미안한 마음이 먼저 들 수밖에 없었잖아.

어디 그뿐인가? 더 시간이 흘러 우리가 좁고, 바로 도로가에 있어서 아침저녁으로 채소와 각종 과일 파는 트럭에서 흘러나오는 확성기 소리 때문에 잠조차 방해받는 낡은 집에 같이 살게 되었을 때도 난 여전히 어딘가를 헤매고 있었어. 마치 처음부터 방황 말고는 할 줄 아는 게 없었던 사람처럼. 헤매기는 좁디좁은 집 안에서도 그치지 않았지. 헤매다 지칠 때면 난 밤새도록 소릴 질렀고. 내가 헤맬 때마다 손잡아 준 것도 선배였고, 밤새 비명을 질러 성대가 찢어졌을 때 병원에 데려간 것도 선배였지.

저기 봐. 벌써 하늘이 붉어지기 시작하네. 이제 춥다. 그만 내려
갈까? 섬진강 따라서 내려가자. 길게 이어져 누워 있는 길 옆으로
강이 흐르고 그 강을 에워싸고 나지막한 산이 끝도 없이 계속되는
그 길이 난 마음에 들어. 길에도 어떤 감정이 있다면 섬진강 길은
슬픔인 거 같아. 난 왠지 그 길을 가다보면 슬퍼지더라. 그래서 좋
아. 마음껏 슬퍼할 수 있으니까. 그렇게 남해까지 내려가는 거야.
기억 나? 오래 전에, 벌써 십 년이 다 됐네. 우리가 남해에 처음 갔
을 때. 아주 깊은 밤이었지. 남해 톨게이트를 지나자마자 우회전
하려는데 갑자기 안개가 몰아닥쳤지. 대체 어디서 온 건지도 모르
는 지독한 안개가 덮쳐서는 우리를 가뒀었잖아. 자동차 헤드라이
트쯤은 아무렇지도 않게 먹어치운 그 안개 때문에 우리는 도로 한
가운데서 꼼짝도 못했었지. 그때를 생각하면 지금도 뒤통수가 쭈
뼛해지는 거 같아. 거길 다시 한 번 가보고 싶어. 해무였겠지? 난 그
렇게 지독한 해무는 정말 처음 봤으니까. 오늘은 햇살이 있을 때
가보고 싶어. 가다가 아무 데나 바다로 가고 싶어. 우리 같이 바다
보러 가는 거야. 어때? 같이 바다 본 지도 오래됐네. 그동안 참 어
떻게 살았나 몰라.

그러고 보니 벌써 십칠 년이 됐어. 우리가 만난 지가. 뭐 하나 또
렷한 것 없이 마치 지독한 해무가 낀 길을 엉금엉금 기어온 거 같

은 기분이야. 지금 내 모습을 보면 바닥에 낮게 엎드려 포복 자세로 기느라 온 몸이 상처투성이가 된 거 같아. 때론 시간이 끌어당기는 바람에 사지를 내 맘대로 움직이지 못하기도 했고, 또 때론 충분히 공기가 채워지지 않은 열기구에 올라탔다가 그대로 땅으로 곤두박질 친 거 같은 기분이 들 때도 있었고. 그러면서 견디고 채워온 시간들. 그 어느 구석을 들여다보고, 그 어느 갈피를 들춰봐도 선배가 없는 곳이 없어. 그것들이 쌓이고 쌓여 이젠 선배가 내 시간이 되었어. 선배 없이는 내 시간도 없어지는 거지. 그렇게 시간이 쌓이는 동안 선배가 한결같이 내 옆에 있어줬으니까 이제부터는 내가 옆에 있어 주는 건 어떨까? 한 번도 안 해봐서 내가 할 수 있을지는 잘 모르지만 한번 해보는 거지, 뭐. 많이 가르쳐줘. 그 부분에서도 나보다 선배잖아.

이러다 해 지겠네. 서둘러야겠어. 남해에 가서 해무 끼지 않은 바다를 보려면 말야. 남해 끝 바다에 가서 싱싱한 광어회에 소주 한잔 하고, 거기서부터 다시 출발하는 거야. 거기서부터 거슬러올라 오자구. 지금까지는 서론이었으니까 이제부터 본론 시작해야지. 안 그래? 서론 참 길었네. 1991년부터 지금까지였으니까. 자! 이제 가볼까? 준비됐지?

황혼의 사랑

이 순 원

이것도 장사고 사람 만나는 일인데 왜 기억에 남는 손님이 없겠어요. 기억에 남는 손님이야 많지요. 그래도 그 노인분들만큼 오래 기억에 남는 손님은 아마 없을 것 같네요. 한번 들어보시겠어요?

제가 숙박업을 한 건 한 15년쯤 돼요. 남편이 일찍 세상 뜨고, 아직 어린 애들 공부도 가르쳐야지요. 그래서 그때 남은 돈으로 작은 여관 하나를 샀지요. 서울에 살다가 이쪽 인천으로 옮겨 온 건 오륙년 되고요.

전에 애들 아버지가 살았을 땐 전 남자를 믿었지요. 그런데 애들 아버지가 죽고 난 다음 이 여관을 하면서 점점 남자를 못 믿게 됐어요. 참 이상하지요. 예전에 내 남자는 믿고, 남의 남자들은 다 저러거니 이런 생각을 하게 되거든요.

여관업을 하다보면 때로는 본의 아니게 손님들의 전화 내용을 듣게 되는 수가 많아요. 손님들끼리 하는 얘기도 듣게 되고. 지금은 그렇지 않지만 예전엔 여관 전화라는 게 거의 어디나 교환을 통해 쓰게 되니까요. 전화를 돌려주다가 듣게 되는 수도 있고, 돌려준 다음 수화기를 잘못 놔서 듣게 되는 수도 있고요.

어떤 사람은 그러거든요. 다른 여자를 데리고 들어온 남자가 집에 전화를 걸어서 여기 부산인데, 내일 오후나 올라갈 것 같다고 말이죠. 그런 경우는 대개 어디 먼 데로 출장을 간다는 식으로 거짓말을 하고 나온 거구요. 부산은 뭐가 부산이겠어요? 서울 잠깐 벗어난 인천 월미도지. 집에서 남편 그러는지도 모르고 기다리는 여자들만 불쌍한 거죠. 하기야 모르는 게 약이기도 하지요. 알면 그 일을 또 어떻게 하겠어요. 모르니 편하게 넘어가고 사는 거지.

낮에 오는 손님요? 왜 없겠어요. 많아도 너무 많아서 탈이지요. 하기야 장사하는 입장에서 보면 큰 탈 될 건 없긴 하지만 나도 애들 키우는 에민데 왜 걱정이 안 되겠어요. 별의 별 손님이 다 있지요. 낮에 오는 손님, 밤에 오는 손님, 잠깐 쉬었다가 나가는 손님, 며칠 묵고 가는 손님. 이제는 덤덤하지요. 그냥 그런가보다 하고.

그런데 그 노인들만은 잊을 수가 없네요. 꽤 오래 전의 일이에요. 그분들이 처음 우리 여관에 드나들기 시작한 게. 하루는 아침나절에 내실에 앉아 뭘 생각하고 있는데 한 할머니가 오셨어요. 여관이라는 건 낮엔 손님이 들어와도 열 시 조금 넘은 아침나절엔 손님이 드는 경우가 거의 없거든요. 그래서 처음엔 방을 쓰러 온 손님이 아닌 줄 알았어요. 더구나 할머니고 하니까. 손에 작은 보따리를 하나 들고 계시더군요.

　그런데 방을 빌릴 수 있겠느냐고 묻는 거예요. 그래서 언제까지 계시다 가려고 그러느냐고 물었지요. 네 시까지 있다가 갈 거랍니다. 부랴부랴 청소를 해서 방 하나를 내드렸죠. 노인이고 하니까 제일 깨끗하고 조용한 방으로요. 그랬더니 방값 계산까지 다 하고 나서 그 방에 보따리를 놓곤 잠시 어딜 좀 다녀오겠다며 키를 받아가더군요. 그러곤 잠시 후 할아버지 한 분을 데리고 오는 거예요. 이상하긴 했지만 뭐 어떻게 하겠어요. 못 본 척했죠. 나중에 가신 다음에 보니까 음식 부스러기들이 방에 떨어져 있더군요. 아마 작은 보따리에 음식을 싸가지고 오셨는가봐요.

　그리고 나서 두 달쯤 지난 다음 다시 할머니가 오셨어요. 지난번처럼 또 작은 보따리를 들고 아침 그 시간에 말이죠. 이번에도 지난번에 쓰던 그 방을 부랴부랴 청소를 해 내드렸죠. 그냥 참 별

그래서 물었지요. 두 분 다 말년에 짝이 없으셨으면
함께 계시는 것도 좋지 않았었겠느냐고.
그러니까 할머니가 주인댁도 더 살아보면 알게 돼요,
그러는데 그 말씀이 무슨 얘긴지는 아직 잘 모르겠어요.
함께 자식 낳지 않은 사람은 같이 사는 것보다
떨어져 있는 게 더 낫다는 얘긴지
아니면 또 다른 뜻이 있다는 건지….

이순원

일이다. 그렇게만 여기고요. 할머니는 보따리를 놓고 나가 한참 후에 다시 할아버지를 데리고 들어오고요. 이번에도 네 시쯤 돼서 함께 나가고요. 방은 말끔히 치우느라고 하긴 했는데 다시 쓰니까 음식 부스러기 같은 것들이 떨어져 있고요.

자주 오면 한 달에 한 번쯤, 그러지 못하면 두 달에 한 번쯤 그렇게 두 노인 분이 우리집을 드나들었답니다. 그러니 나중엔 저하고도 서로 얼굴을 알게 되고요. 그렇게 몇 번 하고 나선 어떤 때는 할아버지가 먼저 오기도 하고요. 그런데 그 할아버지는 할머니보다 먼저 와도 그 할머니처럼 방을 내달라는 소리를 하지 않아요. 현관으로 들어오지도 않고, 그냥 밖에서 기웃기웃하기만 하고요. 그러다 제가 현관으로 나가 아는 척을 하면 할머니가 왔느냐고 묻고 아직 오지 않았다면 또 밖에서 기다리고요. 늘 그런 식이었어요.

나중에 알고보니 할아버지는 방값을 계산할 돈이 없는 거예요. 그래서 여름이든 겨울이든 자기가 먼저 올 때는 밖에서 할머니가 올 때를 기다리는 거구요. 아마 눈치가 그런 것 같아서 어느 날 내가 불러서 얘기를 했지요. 먼저 오시더라도 그냥 들어오시라고. 정말 이상한 노인네들이다 싶으면서 나중엔 나도 모르게 두 사람한테 정이 가더라구요. 어떤 때는 이분들이 올 때가 됐는데 왜 오지 않나 하고 은근히 기다려지기도 하고. 무슨 사연이 있는 사람들

233

같은데 무슨 사연인지는 알 길이 없는 거죠. 할머니는 좀 여유 있는 집 할머니 같고, 할아버지는 형편이 그렇지 못한 것 같고.

늘 그랬어요. 처음엔 할머니가 먼저 와서 할아버지를 데리고 들어오고, 얼마쯤 지나서부터는 따로 오는데 그때도 할머니가 방을 얻은 다음 할아버지가 나중에 들어오는 식이다가 내가 할아버지에게 그 말을 한 다음부턴 먼저 오는 사람이 먼저 방에 들어가 기다리는 식으로요. 여기도 여관인데 남들 보기도 그렇고 나이 든 노인네들이 함께 들어오는 것보다는 아무래도 그게 모양이 낫지요. 여기까진 같이 오더라도 들어오는 건 따로따로 들어오는 게요. 할아버지가 먼저 들어오더라도 계산은 언제나 나중에 오든 먼저 오는 할머니가 했구요. 또 올 때마다 할머니 손에 작은 보따리가 들려 있는 것도 여전했고요. 눈치를 보니까 헤어지기 전에 할머니가 용돈도 할아버지에게 나누어주는 것 같았어요.

아, 두 분 호칭이요? 그건 두 분 다 서로 임자라고 부르는 것 같았어요. 임자 일찍 왔네? 하고 늦게 온 할아버지가 물으면 난 임자가 오늘은 안 오시는 줄 알았네요, 하고 할머니가 대답하고. 방문 앞을 지나며 들은 말들도 그렇고요. 뭔가 두 분이 소곤소곤 이야기를 나누세요. 그러다 흐뭇하게 웃기도 하고.

그런 두 분이 작년 봄 이후로 거짓말처럼 우리 여관에 발걸음을

딱 끊는 거예요. 한 달이 지나도 안 오고, 또 한 달이 지나도 안 오고 말이죠. 그러다 한 해가 지났는데, 지난 늦봄에야 할머니가 오셨어요. 이번에도 작은 보따리를 들고 말이죠. 얼마나 반가웠는지 몰라요.

그래서 왜 이렇게 안 오셨느냐고 인사를 했죠. 오실 때가 되었는데도 안 오셔서 많이 기다리기도 했다고. 그랬더니 할머니가 날 붙잡고 얘길 좀 하자고 하더군요. 나도 사연이 궁금해 방에 들어갔지요.

"할아버지는 안 오세요?"

"이제 그 영감 여기 못 와요. 지난해 봄에 저 세상 갔어요."

그러면서 우시는 거예요. 깊은 속내는 말씀하시지 않는데, 아마 두 분 다 고향이 북쪽이셨는가봐요. 거기 있을 때 두 분이 서로 좋아하다가 난리가 나서 헤어졌는데, 아주 썩 후에 두 분이 어떻게 다시 만나게 되었는가봐요. 다시 만날 땐 두 분 다 짝을 잃고 있었던 거구요. 서울에서 만나기가 뭐해 여기 인천까지 늘 나오셨다는군요. 여기 와서도 자식 얘기하고 집안 얘기하고 사는 형편 얘기하고요. 할머니가 그러시더군요.

"자랑이 아니라 내가 자식들 잘 둬서 돈이 좀 있어요. 그 영감은 그러지 못하고. 한 달에 한 번씩이라도 좀 귀하고 맛난 것 영감한테 먹이고 싶었어요. 그래서 영감 만나기 전날 미리 좋은 화식집이고 일식집에 음식을 맞춰두었다가 다음날 아침 그걸 찾아 여기로 가져온 거구. 오늘도 옛 생각이 나 음식을 가져 오긴 했는데, 먹을 사람도 없고 먹일 사람도 없으니 댁이 두었다가 애들 주어요. 오늘은 그냥 그 영감 있을 때처럼 네 시까지 내 혼자 얘기하다 가려고 왔어요."

그래서 물었지요. 두 분 다 말년에 짝이 없으셨으면 함께 계시는 것도 좋지 않았었겠느냐고. 그러니까 할머니가 주인댁도 더 살아 보면 알게 돼요, 그러는데 그 말씀이 무슨 얘긴지는 아직 잘 모르겠어요. 함께 자식 낳지 않은 사람은 같이 사는 것보다 떨어져 있는 게 더 낫다는 얘긴지 아니면 또 다른 뜻이 있다는 건지⋯.

심성도 그렇고 나이가 드셔도 얼굴도 그렇고, 참 고운 분이셨는데 이제 안 오시겠죠? 다시 우리집에⋯.

237

작가 약력

이명랑

1973년 서울 출생. 이화여대 교육대학원 졸. 1997년 문학 무크지 『새로운』에 시 「에피스와르의 꽃」 외 두 편으로 등단. 장편소설 『꽃을 던지고 싶다』로 소설가로도 작품활동 시작. 장편소설 『삼오식당』, 『나의 이복형제들』, 『슈거 푸시』 등.

김나정

1974년 서울 출생. 상명여대 교육학과, 서울예대 문창과, 중앙대 대학원 문창과 졸. 고려대학교 문예창작과 박사 과정. 2003년 《동아일보》 신춘문예에 소설 「비틀스의 다섯 번째 멤버」로 등단. 2006년 『문학동네』 평론 부분 신인상에 당선되어 문학평론가로 등단. 평론집 『꿈꾸는 건축가, 가우디』, 『만화의 신 데즈카 오사무』, 『신데렐라가 백설공주보다 아름다운 이유』 등.

고은주

1967년 부산 출생. 이화여대 국문과 졸. 1995년 『문학사상』 신인상으로 등단. 1999년 오늘의작가상 수상. 소설집 『칵테일 슈가』, 장편소설 『아름다운 여름』, 『여자의 계절』, 『현기증』, 『유리바다』, 『신들의 황혼』, 『시간의 다리』 등.

김규나

2006년 《부산일보》 신춘문예에 단편 「내 남자의 꿈」으로 등단. 2007년 《조선일보》 신춘문예에 단편소설 「칼」로 등단. 2008년 문예진흥기금 수혜. 2007년 『현대문학』, 2008년 『문장웹진』, 『작가와 사회』에 각각 단편소설 「바이칼에 길을 묻다」, 「퍼플레인」, 「뿌따뽕빠리의 귀환」 발표.

김훈

자전거레이서. 1948년 서울 출생. 지은 책으로 독서 에세이집 『내가 읽은 책과 세상』, 『선택과 옹호』, 여행 산문집 『문학기행 1, 2』(공저), 『풍경과 상처』, 『자전거 여행 1, 2』, 『원형의 섬 진도』, 에세

238

이집『너는 어느 쪽이냐고 묻는 말들에 대하여』,『밥벌이의 지겨움』,『공차는 아이들』, 장편소설『빗살무늬 토기의 추억』,『칼의 노래』,『현의 노래』,『개 : 내 가난한 발바닥의 기록』,『남한산성』, 소설집『강산무진』 등.

양귀자

1955년 전북 전주 출생. 원광대 국문과 졸. 1978년『문학사상』신인상으로 등단. 이상문학상·현대문학상·21세기문학상·유주현문학상 수상. 장편소설『나는 소망한다, 내게 금지된 것을』,『모순』,『지구를 색칠하는 페인트공』,『희망』외 다수. 현재 2001년 개관한 문화공간 홍지서림 대표로 재직.

한차현

1970년 서울 출생. 한국외대 동양학부 졸. 1998년『월간문학』소설 부문에「청계산의 남자」로 등단. 2007년 현재 젊은 소설가 모임인 '작업' 동인으로 활동 중. 작품집『사랑이라니, 여름 씨는 미친 게 아닐까』,『대답해 미친 게 아니라고』,『내가 꾸는 꿈의 잠은 미친 꿈이 잠든 꿈이고 네가 잠든 잠의 꿈은 죽은 잠이 꿈꾼 잠이다』, 장편소설『괴력들』,『영광전당포 살인사건』,『왼쪽손목이 시릴 때』,『여관』, 경장편소설『숨은새끼 잠든새끼 헤맨새끼』 등.

은미희

1960년 전남 목포 출생. 한국방송통신대 국문과 졸. 1996년《전남일보》신춘문예에 단편「누에는 고치 속에서 무슨 꿈을 꾸는가」로 등단. 1999년《문화일보》신춘문예에 단편「다시 나는 새」로 재등단. 삼성문학상·광남문학상·한국여성문학상 우수상 수상. 단편소설집『만두 빚는 여자』, 장편소설『소수의 사랑』,『바람의 노래』,『18세, 첫경험』,『바람남자 나무여자』, 청소년평전『조선의 천재화가 장승업』,『창조와 파괴의 여신 카미유 클로델』 등.

신이현

『숨어 있기 좋은 방』으로 등단. 장편 소설『내가 가장 예뻤을 때』,『갈매기 호텔』,『잠자는 숲속의 남자』와 에세이『알자스』,『에펠탑 없는 파리』, 번역서『에디트 피아프』 등.

김선재

1971년 서울 출생. 숭실대 문예창작과 박사과정 재학 중. 2006년『실천문학』소설 부문에 단편「그림자 군도」로 등단. 2007년『현대문학』시 부문에 시「광대곡」외 4편으로 신인 추천.

박범신

1946년 충남 출생. 원광대 국문과 및 고려대 교육대학원 졸. 1973년 《중앙일보》 신춘문예에 단편 「여름의 잔해」로 등단. 김동리문학상·만해문학상·대한민국문학상·한무숙문학상 수상. 창작집 『토끼와 잠수함』, 『덫』, 『식구』, 『흉기』, 『흰소가 끄는 수레』, 장편소설 『죽음보다 깊은 잠』, 『돌아눕는 혼』, 『풀잎처럼 눕다』, 『겨울강 하늬바람』 외 다수.

서하진

1960년 경북 영천 출생. 경희대 국문과 및 동대학원 졸. 1994년 『현대문학』에 단편 「그림자 외출」로 등단. 소설집으로 『책 읽어주는 남자』, 『사랑하는 방식은 다 다르다』, 『라벤더 향기』, 『비밀』, 『요트』, 장편소설 『다시 사랑한다 말할까』 등.

김이은

1973년 서울 출생. 성균관대 한문학과 졸. 2002년 『현대문학』 신인상으로 등단. 소설집 『코끼리가 떴다』, 『마다가스카르 자살예방센터』, 『피크』(공저), 청소년평전 『호 아저씨 호치민』, 동화 『부처님과 내기한 선비』 등.

이순원

1957년 강릉 출생. 1985년 《강원일보》 신춘문예에 「소」로 등단. 1988년 『문학사상』에 「낮달」로 등단. 동인문학상·현대문학상·이효석문학상·한무숙문학상·허균문학작가상·남촌문학상 수상. 창작집 『첫눈』, 『그 여름의 꽃게』, 『얼굴』, 『말을 찾아서』, 『그가 걸음을 멈추었을 때』, 장편소설 『압구정동엔 비상구가 없다』, 『수색, 그 물빛 무늬』, 『아들과 함께 걷는 길』, 『순수』, 『첫사랑』, 『19세』, 『나무』 등.